Diamantes
de venganza

Lee Wilkinson

Bianca™

HARLEQUIN™

NOV - - 2007

Editado por HARLEQUIN IBÉRICA, S.A.
Hermosilla, 21
28001 Madrid

I.S.B.N.: 978-84-671-5249-4
Depósito legal: B-27994-2007
Editor responsable: Luis Pugni
Composición: M.T. Color & Diseño, S.L.
C/. Colquide, 6 - portal 2-3º H, 28230 Las Rozas (Madrid)
Fotomecánica: PREIMPRESIÓN 2000
C/. Algorta, 33. 28019 Madrid
Impresión y encuadernación: LITOGRAFÍA ROSÉS, S.A.
C/. Energía, 11. 08850 Gavá (Barcelona)
Fecha impresion para Argentina: 4.2.08
Distribuidor exclusivo para España: LOGISTA
Distribuidor para México: CODIPLYRSA
Distribuidores para Argentina: interior, BERTRAN, S.A.C. Vélez
Sársfield, 1950. Cap. Fed./ Buenos Aires y Gran Buenos Aires,
VACCARO SÁNCHEZ y Cía, S.A.
Distribuidor para Chile: DISTRIBUIDORA ALFA, S.A.

Capítulo 1

BETHANY miró a su alrededor. El paisaje que divisaba era asombroso aquella tarde de febrero. Durante las últimas millas había estado viendo un Range Rover negro por el espejo retrovisor, pero debía haber salido ya de la carretera porque en aquel momento no había más coches.

Cuando aquel mismo día más temprano había salido para visitar a la señora Deramack y ver algunas antigüedades, había tomado la carretera principal, pero había decidido regresar por aquella solitaria ruta para poder admirar aquel paisaje asilvestrado que recordaba de su anterior visita a Lake District.

Mientras conducía recordó aquella maravillosa visita y aquella atractiva cara de hombre que hacía que todo se le revolviera por dentro.

Una cara que había estado fresca en su memoria durante los últimos seis años.

Callada y vergonzosa, sólo tenía diecisiete años por aquel entonces y había estado de vacaciones con su familia. Habían decidido hacer noche en Cumbria en el viaje de regreso a Londres desde la costa oeste escocesa.

Se habían hospedado en el Dundale End y, después de cenar, habían asistido a un concierto en el pueblo. Había sido allí donde se había enamorado por primera vez. Había sido amor a primera vista.

Lo había observado entrar en la sala; alto, hombros anchos, vestido de manera informal y con un aire de confianza en sí mismo. Tendría alrededor de veinte años, pero ya era un hombre, rubio y de ojos claros.

Con él habían estado una pareja de ancianos y una chica de más o menos su misma edad que se había referido a él por el nombre de Joel.

Había mirado a aquel muchacho más que al concierto en sí y en una de las ocasiones se había encontrado con que él la estaba mirando intensamente, habiendo hecho que el calor se apoderara de ella. Había sentido cómo se había ruborizado y había apartado rápidamente la mirada, provocando que su melena de pelo oscuro le tapara la cara y su bochorno.

Cuando el concierto hubo terminado, ella se había quedado mirando el escenario, deseando que cuando todo el mundo saliera intercambiaran algunas palabras. Pero cuando miró para atrás, el pequeño grupo se había ido. Se había sentido amargamente decepcionada.

Aunque se había dicho a sí misma que era ridículo anhelar algo que *podía* haber ocurrido, había soñado y pensado en ello durante meses.

Los recuerdos de aquella adoración inocente le permitieron apartar su mente durante unos segundos muy preciados de lo que se estaba convirtiendo en un desastre.

Aquella mañana, después de no haber dormido mucho y de haber estado media hora sentada frente a su todavía enfadado jefe, Tony, mientras desayunaban en el Dundale Inn, había salido en coche hacia el valle de Bosthwaite para ver a la señora Deramack.

Era, como había descubierto, un valle sin salida. Había tenido que parar para preguntar cómo llegar a la casa de la señora Deramack.

–La anciana señora Deramack es un poco… ya sabe… –le había advertido un granjero al que había preguntado antes de haberle indicado el camino a la casa Bosthwaite.

Bethany pronto se había dado cuenta de lo que había querido decir el granjero cuando la señora le había dicho que aunque Joseph, su esposo, había fallecido hacía cinco años, todavía estaba con ella y tendría que estar de acuerdo en el precio de cualquier cosa que ella fuese a vender.

Las antigüedades que quería vender estaban almacenadas en el ático de la casa, donde hacía mucho frío y había muy poca iluminación y, mientras la señora Deramack se había quedado hablando con «su marido» en el comienzo de las escaleras como si éste todavía estuviese vivo, ella había revisado muchas de las cajas que allí había.

Cuando por fin hubo terminado de revisar la última caja, helada de frío y agarrotada por el esfuerzo, admitió su derrota.

Entonces se había marchado, decidiendo regresar por la carretera que bordeaba a Dundale en vez de ir por la carretera principal.

Desde el comienzo el paisaje había sido espectacular, pero en aquel momento lo era incluso más.

Mucho antes de lo que había esperado, el aire fresco se había vuelto neblinoso y había comenzado a ponerse el sol. Se preguntó si, aunque le encantaba el paisaje de Lakeland, había sido sensato haber elegido aquel camino de regreso.

Aquél era un amor por el campo que Tony Feldon,

su jefe y dueño de Feldon Antiques desde el falleci-
miento de su padre el año anterior, no compartía.

Cuando la noche anterior habían estado a la puerta
del Dundale Inn, él había mirado a su alrededor y se
había estremecido.

—¡Parece el más allá! Cuando hice las reservas
debí haberme asegurado de que el hotel estaba en el
pueblo...

Bethany se había preguntado por qué habría hecho
él mismo las reservas en vez de habérselo mandado
hacer a Alison, la chica que hacía todo por él.

—Si nos tenemos que quedar en este lugar dejado
de la mano de Dios, será mejor que merezca la pena
—había refunfuñado Tony.

—Estoy segura de que así será —había dicho ella—.
Hay algunos magníficos artículos especificados en el
anterior catálogo de Greendales.

—Eso es cierto —había dicho él mientras sacaba las
maletas del coche y le daba a Bethany la suya.

Entonces habían entrado en el hotel y se habían
dirigido a la recepción, que estaba vacía.

—Dios, ¡vaya basura! Parece que somos los únicos
huéspedes.

—Bueno, es entre semana y no es temporada alta
—había señalado ella.

—Quizá sea entre semana y no sea temporada alta
—había dicho él, irritado, llamando al timbre de recepción—. Pero se supone que el maldito lugar debería estar *abierto*.

Bethany había ignorado el mal humor y el ceño
fruncido de Tony.

—Por lo que dijo la señora Deramack cuando hablé
con ella por teléfono, parece que tiene unas muy buenas piezas de plata y porcelana.

—Bueno, si las tiene, esperemos que la anciana no se dé cuenta de lo buenas que son, ya que si no querrá una fortuna por ellas.

—¿Pretendes ir a verla tú mismo?

—No. He mirado el mapa y hay bastante distancia hasta el valle de Bosthwaite. Tomaré un taxi hasta Greendales y tú te puedes llevar el coche. Si crees que algunos de los artículos que la señora Deramack quiere vender merecen la pena, no digas mucho al respecto ni les pongas un precio. Yo haría la negociación personalmente, incluso si ello supone tener que quedarme un día más…

Bethany había fruncido el ceño. Le había irritado ver cómo él era incapaz de confiar en ella. Ella había trabajado para James Feldon, el padre de Tony, desde que había dejado el colegio a los dieciocho años y, tras el repentino ataque al corazón de éste, lo había echado mucho de menos.

No le gustaba ni confiaba en Tony. La idea que tenía de que se podía jugar con las mujeres la enfurecía, así como también lo hacía las sugerencias de que, desde que Devlin estaba fuera de escena, si ella se abría un poco, podían pasarlo bien juntos.

Mirando al todavía desierto hall del hotel, Tony había llamado al timbre de nuevo con una violencia innecesaria.

—¿Dónde demonios está todo el mundo?

Un momento después, había aparecido una señora mayor.

—Siento si les he hecho esperar, pero la recepcionista se ha tenido que marchar a casa porque estaba enferma y no hay nadie que la sustituya… ¿Tienen reservas?

—Sí, para dos noches. A nombre de Feldon.

–Ah, sí, aquí está... Señor y señora Feldon. Una habitación doble en la planta baja. La número cinco –había dicho la señora, mirando el libro de registros.

–Creo que hay un error –había aclarado Bethany–. Yo no soy la señora Feldon y necesito una habitación para mí sola.

Pero entonces, al haber visto la furia que reflejaba la cara de Tony, se había dado cuenta de que no había habido ningún error. Había sido por eso por lo que él había hecho las reservas y por eso había dicho que «sería mejor que mereciera la pena».

–Oh, lo siento –se había disculpado la mujer–. Bueno, hay una habitación individual al fondo del pasillo. La número nueve, si le parece bien.

–Está bien, gracias –le había asegurado Bethany, tomando la llave y dirigiéndose en la dirección que le había indicado la mujer.

–Maldita sea, Bethany –se había quejado Tony, habiéndola seguido hacia la puerta de la habitación–. ¿Por qué tenías que insistir en que te diera otra habitación?

Ella se había dado la vuelta para mirarlo, con el enfado reflejado en sus ojos grises.

–¿No se te ha ocurrido pensar que no quiero acostarme contigo?

–¿Por qué no? Muchas mujeres sí que quieren –había dicho él, muy sorprendido.

–Entonces deberías haber traído a una de ellas.

–Me gustaría haberlo hecho, antes que haber traído a una remilgada señorita como tú –había gruñido él, enfadado.

Entonces ella se había dado la vuelta y él había continuado hablando de una manera más moderada.

–Mira, lo siento. Cambia de idea. Dios sabe que

podríamos divertirnos juntos en un agujero como éste.

–Te lo digo por última vez; no voy a dormir contigo y si no dejas de molestarme me veré forzada a renunciar al trabajo –había dicho Bethany, furiosa.

–No hay necesidad de llegar tan lejos –había dicho entonces Tony, que no quería perderla. Pero había añadido enfurruñado–. No sé por qué no te puedes abrir un poco conmigo. Eres demasiado mayor para actuar como una virgen mojigata. Ya no estás comprometida con ese Devlin…

Faltaban seis semanas para su boda cuando Bethany, que había regresado de un viaje a París, había ido al piso de Devlin y lo había encontrado en la cama con otra mujer.

Entonces ella le había devuelto el anillo de compromiso y se había marchado.

–Sólo porque todavía estás enfadada y amargada por cómo te trató él… –había proseguido Tony–. … no significa que lo tengas que pagar con todos los hombres.

Cuando ella lo hubo mirado fríamente, él se había mofado.

–Si no hubieras sido tan frígida, él no habría necesitado otra mujer… –cuando se hubo percatado de que sus crueles bromas no habían provocado respuesta alguna, se marchó a su habitación…

El coche se agitó violentamente e hizo que ella regresara al presente.

Atemorizada, se apartó hacia el arcén y detuvo el coche. Temblando, salió y observó que, como se había imaginado, una de las ruedas delanteras había reventado.

Bueno, tenía que hacer algo… y rápido. Estaba

anocheciendo y la densa niebla amenazaba con bajar a nivel del suelo e impedir la visibilidad.

Sentía escalofríos y se puso su cazadora antes de dirigirse a abrir el maletero. Sacó el gato, la rueda de repuesto y la bomba de pie.

Aunque hasta aquel momento no había tenido que cambiar ninguna rueda, cuando había comprado su primer coche viejo, su padre había insistido en enseñarle.

Y en aquel momento estaba agradecida. Pero no parecía ser tan fácil como recordaba.

Todavía estaba tratando de poner el gato en su sitio cuando, milagrosamente, divisó las luces de un coche acercándose. Un momento después un gran Range Rover negro, como el que le había estado siguiendo momentos antes, se detuvo en el arcén cerca de ella.

Al estirarse, observó a un hombre alto y rubio salir del coche.

Aunque estaba deslumbrada por las luces y él tenía la cara en la penumbra, había algo familiar en aquel hombre.

—¿Necesita ayuda? —preguntó.

Bethany se percató de que tenía una voz atractiva, sin acento de la zona.

—Por favor —respondió ella, agradecida.

Entonces observó cómo él cambiaba la rueda con una destreza que sólo podía admirar.

—Con esto debería bastar —dijo el hombre una vez hubo terminado.

—Muchas gracias. No le puedo expresar lo agradecida que estoy.

El hombre se secó las manos en un pañuelo tras colocar las herramientas en el maletero y se dirigió hacia su coche.

—Me alegra haber sido de ayuda.

Entonces, en ese momento, al darle a él de lleno las luces en la cara, Bethany pudo verlo claramente; era el rostro que le había estado persiguiendo durante los últimos seis años.

¡No, no podía ser! Pero sabía que era él, que de nuevo iba a desaparecer de su vida.

—No sé lo que habría hecho si usted no hubiera aparecido —dijo, desesperada.

—Estoy seguro de que se las hubiese arreglado… —entonces dijo serio—. Sugiero que nos marchemos mientras todavía podamos ver la carretera.

La niebla era muy densa en aquel momento y Bethany se estremeció por el frío y la desolación que sintió.

—¿Conoce la carretera? —preguntó él, como si hubiese percibido los ánimos de ella.

—No —contestó en voz baja.

—En ese caso sugiero que vayamos juntos —esperó a que ella asintiera con la cabeza antes de continuar hablando—. Me llamo Joel McAlister.

A Bethany le dio un vuelco el corazón.

—Yo soy Bethany Seaton.

—¿Adónde te diriges?

—Me hospedo en el Dundale Inn —contestó ella, nerviosa.

—Yo también me dirijo al valle Dundale, aunque juzgando por cómo está de densa la niebla, creo que no vamos a llegar tan lejos.

—Oh…

—Pero no te preocupes. Si conseguimos llegar a Dunscar, que está a una milla de distancia, podemos alojarnos en el hotel que hay allí. Durante el invierno está cerrado, pero creo que los conserjes viven siempre allí. Ahora vamos a ponernos en marcha. Esto es muy estrecho para que yo pase con mi coche, así que tendremos que ir en el tuyo.

Entonces se dirigió a su coche y apagó las luces.

—Como me conozco el camino, será mejor que conduzca yo.

Se montaron en el coche y Bethany apenas podía ver nada a través de la densa niebla, pero él conducía con cuidado y confianza, haciendo que ella se sintiera segura. Pero la verdad era que más que preocupada por su seguridad estaba pensando en el hecho de que el destino había devuelto aquel hombre a su vida.

Aquel extraño, que en realidad no era un extraño para ella, y ella, estaban destinados a estar juntos. Nunca antes había estado tan segura de algo.

Mientras se dirigían hacia Dunscar, se le aceleró el corazón y analizó el perfil de Joel.

Era extremadamente guapo. Tenía un hoyuelo que cuando sonriera haría sus delicias…

—¿Crees que soy de confianza? —preguntó, mirándola.

—Eso espero. Aunque ya es un poco tarde para preocuparse por eso —contestó ella, apartando la mirada de él rápidamente.

Al ver que él no decía nada más, ella prosiguió hablando.

—Obviamente conoces esta zona, aunque no tienes acento.

—No.

—¿No vives por aquí? —preguntó, jugueteando nerviosa con la correa de su bolso.

—No. Vivo en Londres.

Bethany respiró aliviada. Aquello eran buenas noticias.

—¿Estás aquí por asunto de negocios? —preguntó ella.

—Podríamos decirlo así... —Joel sonrió irónicamente.

Entonces él dejó de hablar para poder concentrarse en la conducción y ella mantuvo silencio.

—Ya hemos llegado —dijo él tras un rato. Entonces aparcó el coche y apagó las luces.

Al principio, todo lo que Bethany podía ver era niebla. Pero entonces comenzó a ver una tenue luz.

Joel salió del coche y le abrió a ella la puerta, tomándola por la cintura para ayudarla a salir.

Sólo ese leve contacto consiguió que el calor se apoderada de ella y que se quedara sin aliento.

Cuando llegaron a lo que parecía un pequeño anexo del hotel, Joel llamó a la puerta.

Abrieron casi inmediatamente y pudieron ver a un hombre mayor.

—Siento molestarlo, pero necesitamos dos habitaciones para esta noche —dijo Joel.

—El hotel está cerrado —dijo el conserje—. Van a tener que ir a otro sitio.

—Desafortunadamente es imposible; la niebla es demasiado densa.

—El hotel está cerrado —repitió el hombre obstinadamente, dirigiéndose a cerrar la puerta.

Pero Joel se adelantó y la sujetó, diciendo algo en voz baja que Bethany no pudo oír.

—Todas las habitaciones están cerradas y en la zona principal no hay calefacción.

—Bueno, estoy seguro de que puede encontrar algo para nosotros —insistió Joel en tono agradable—. En un lugar antiguo como éste, seguro que hay alguna habitación con chimenea.

–La encargada vive en el hotel cuando éste está abierto, así que está *su* habitación. Pero la cama no está arreglada y el generador no funciona, por lo que no hay electricidad…

–¿Nos la podría enseñar?

El conserje se dio la vuelta y entró en sus dependencias. Bethany se percató de que Joel no apartó el pie de la puerta hasta que éste no volvió con unas llaves y una linterna en la mano. Cerró la puerta tras él y les guió entre la niebla hacia una puerta que daba a un pequeño vestíbulo.

Abrió una puerta al final de un pequeño pasillo e iluminó la habitación con la linterna.

–Esto estará bien –le aseguró Joel–. Todo lo que necesitamos es un par de almohadas, unas cuantas mantas y unas pocas velas.

–En el armario hay ropa de cama, toallas, una lámpara de aceite y cerillas –dijo el conserje de mala gana.

–Gracias –Joel le entregó algunos billetes–. ¿Quizá podría traerle algo de comer y algo caliente de beber a la señorita?

El hombre se metió el dinero en el bolsillo del pantalón.

–Veré lo que puedo hacer –dijo, para a continuación marcharse.

Les dejó en completa oscuridad y Bethany dudó un poco sobre lo que hacer.

–Quédate donde estás hasta que encuentre las cerillas –le ordenó Joel.

Al poco tiempo encontró las cerillas y encendió la lámpara, ajustó la llama y en segundos la habitación estuvo iluminada por una luz dorada.

Entonces comenzó a preparar la chimenea colocando madera.

—Estás temblando —dijo al levantar la cabeza y verla—. Ven y entra en calor.

Sin necesitar que se lo repitiera más veces, y aunque estaba temblando debido tanto al frío como a la excitación, Bethany se acercó y se sentó en la butaca que él había acercado a la chimenea.

—¿Tienes los pies fríos? —preguntó él.

—Congelados —admitió ella.

—Entrarán en calor mucho antes si te quitas las botas —sugirió.

Dándose cuenta de que era verdad, trató de quitárselas, pero entre lo dormidas que tenía las manos y lo altas que eran las botas le fue imposible.

—Déjame a mí —dijo Joel, poniéndose de cuclillas, quitándole las botas y restregándole los pies entre sus manos a continuación.

Aquello hizo que a ella se le acelerara el pulso, así como también la hizo sentirse reconfortada. En ese momento le hubiese entregado su corazón… si no era ya suyo.

—¿Está así mejor? —preguntó él una vez hubo hecho que los pies femeninos entraran en calor.

—Mucho mejor, gracias —contestó ella con la voz ronca.

—Bien.

Joel tenía la piel bronceada y una sonrisa que quitaba el aliento. Cuando la miró a la cara, se dio cuenta de que sus ojos no eran del azul claro que ella se había imaginado, sino de un verde plateado. Tenía unos ojos fascinantes…

Joel se levantó justo cuando el conserje regresó con una bolsa de plástico que dejó en la encimera de la cocina.

—Aquí tienen todo lo que pueden necesitar. La cocina funciona con bombona de gas y en el armario encontrarán una tetera y una vajilla.

–Gracias… Y buenas noches –dijo Joel.

Emitiendo un gruñido, el señor se dio la vuelta y se marchó arrastrando los pies.

Pensar en beber algo caliente era reconfortante y Bethany comenzó a levantarse.

–Quédate donde estás y entra en calor. Yo prepararé algo de beber y un bocadillo.

En un minuto encendió el gas y puso la tetera a calentar. Entonces sacó las cosas que había en la bolsa de plástico; café instantáneo, leche, margarina, queso y un poco de pan.

–No es gran cosa –comentó–. Pero muy adecuado, mientras que te guste el queso, el café y que no tomes azúcar.

–Sí que me gusta y no tomo azúcar –contestó ella.

Joel le sonrió levemente, provocando que a ella se le acelerara el corazón.

–Entonces no hay ningún problema –dijo, quitándose el abrigo.

En cuanto la tetera comenzó a pitar, preparó el café y le acercó una taza. Ella observó cómo él preparaba unos bocadillos y los colocaba encima de una de las mesas.

–Creo que ya no lo necesito más –dijo Bethany, levantándose y comenzando a quitarse el abrigo.

Él la ayudó. Separó una silla y se sentó cerca de ella frente al fuego, ofreciéndole un bocadillo.

–Haz los honores.

–No tengo mucha hambre.

Pero como él seguía ofreciéndoselo, Bethany lo tomó para agradarle.

–Eso está mejor –dijo él, sonriendo.

Tenía los dientes muy blancos y su sonrisa era tan encantadora que a ella se le aceleró de nuevo el corazón.

Estar frente a aquella hoguera con el hombre que había vivido en su corazón, en su mente y en sus sueños durante tanto tiempo era demasiado maravilloso como para ser verdad…

Capítulo 2

QUIERES que prepare más? –preguntó Joel cuando se terminaron los bocadillos.

Llena, Bethany negó con la cabeza, suspirando satisfecha.

–¿Tan malos estaban, eh? –bromeó él al percatarse del suspiro.

–La verdad es que me han gustado mucho –dijo ella, que se había quedado sin aliento debido a la sonrisa de él.

–Al principio pensé que estarías demasiado preocupada como para comer.

–¿Preocupada?

–Sí, por tener que pasar la noche con un completo extraño.

Él no era un completo extraño. Ella lo conocía desde hacía seis años…

–No estoy preocupada para nada –dijo entrecortadamente al sentir que él la estaba mirando.

–Parece que estás un poco… ¿cómo podríamos decir… nerviosa?

Como no sabía qué contestar ante aquello, permaneció callada.

–¿Qué te ha traído a estos lugares?

–Estoy aquí por un asunto de negocios –contestó, recordando en ese momento que le debía decir a Tony que no podría llegar a su hotel.

Entonces sacó su teléfono móvil de su bolso. Joel la miró interrogante.

–Debo telefonear al Dundale Inn para hacerle saber a Tony que esta noche no iré a dormir.

–Me temo que estás perdiendo el tiempo –dijo Joel–. Aquí no hay cobertura.

–¡Oh…! –exclamó, mirando a su alrededor por si veía un teléfono que poder utilizar.

–Y saber que estamos aquí aislados con sólo una cama tal vez haga que él no pueda conciliar el sueño –añadió Joel.

–No le preocupará –dijo ella–. Tony es mi jefe.

–Ya veo –dijo Joel de una manera que dejaba claro lo contrario.

–Quiero decir que… no es mi novio.

–Bueno, de cualquier manera, si tiene algo de sentido común, no esperará que vayas a volver en una noche como ésta.

Bethany pensó que tenía razón y volvió a dejar el móvil en su bolso.

–¿Qué clase de negocios son los que llevas? –preguntó Joel, estirando las piernas ante la chimenea.

–Antigüedades –respondió ella en voz baja, todavía un poco intimidada por la presencia de él.

–¿El negocio es tuyo?

–No. Es de Tony, mi jefe. Él es el propietario de Feldon Antiques.

–Claro –murmuró Joel.

–Pero yo estoy comprando algunas pequeñas piezas que Feldon Antiques no adquiriría, con el propósito de comenzar un día mi propio negocio.

–¿Eres tú la encargada de comprar para la empresa?

–Sí –respondió firmemente, aunque desde que Tony era el jefe las cosas habían cambiado.

–¿Conlleva el trabajo viajar mucho?

–Visitas esporádicas a Europa y a los Estados Unidos.

–¿Y qué piensas de la Gran Manzana? –preguntó él, levantando una ceja.

–Creo que Nueva York es una ciudad maravillosa. Recuerdo que me enamoré de ella por primera vez cuando era pequeña y vi *Breakfast at Tiffany's* –Bethany sonrió al recordar aquello.

–Y yo recuerdo haberme enamorado de Audrey Hepburn –sonrió Joel.

Durante un momento estuvieron hablando de sus películas antiguas favoritas.

–Supongo que tienes que trabajar muchas horas, ¿no? –dijo él, retomando el asunto del trabajo.

–Sí, pero luego tengo días libres a cambio. Esta semana estaré en la tienda el miércoles y luego tengo libre hasta el lunes.

–¿Qué tipo de cosas son las que buscas cuando sales de viaje?

–Principalmente plata y porcelana, pero en realidad cualquier cosa que sea poco común y de valor.

–¿Por ejemplo como este bonito adorno? –preguntó él, tocando la pulsera que llevaba ella.

A Bethany se le aceleró el corazón. Bajó la vista y miró la mano de él; tenía una mano preciosa.

–¿Cómo te hiciste con ella? –preguntó él con una especie de enfado o condena.

Pero entonces lo miró a la cara y lo único que vio reflejado en ella fue un educado interés.

–Alguien la llevó a la tienda y, aunque en un principio quería quedármela para mi colección, me encantó nada más verla y decidí quedármela para ponérmela.

–Soy un completo inculto cuando se trata de estos temas –comentó él, dándole la vuelta a la pulsera en la muñeca de ella–. No sé lo antigua que puede ser... ¿es de la época victoriana?

–Es de comienzos del siglo XVIII –contestó ella sin aliento debido a que él le rozaba la piel–. Frecuentemente esta clase de pulsera hacía juego con una gargantilla y pendientes, lo que la hubiese hecho mucho más valiosa. Me hubiera encantado tener el conjunto, pero desafortunadamente vendieron sólo la pulsera.

–¿Puedo preguntar qué precio alcanza un objeto como éste?

Entonces ella le dijo lo que había pagado por la pulsera y vio cómo un músculo se movía en su mandíbula, como si hubiese apretado los dientes, pero habló en un tono calmado.

–Yo hubiese pensado, como es de oro y rubís, que valdría mucho más que eso.

–Si hubiese sido de oro y rubís sí que habría costado más, pero las piedras son granates.

–Parecen rubíes. ¿No son los granates transparentes? –prosiguió él.

–Sí, lo son. Simplemente es la manera en la que están colocadas estas piedras que las hace parecer rubís. Incluso el vendedor pensó que lo eran.

–Ya veo –dijo él, relajando la expresión de su cara.

Entonces hubo un corto silencio antes de que él cambiara de tema.

–Supongo que conocerás a gente interesante debido a tus negocios.

–Sí, podríamos decirlo así –dijo ella–. La anciana a la que fui a visitar esta mañana parecía que hubiera salido de las páginas de una novela histórica. Iba vestida toda de negro y continuaba hablando con su marido, que lleva muerto más de cinco años.

–¿Quería vender algunas antigüedades? –preguntó Joel, sonriendo ante aquello.

–Tenía un ático lleno de ellas.

–¿Encontraste algo que mereciera la pena?

Bethany negó con la cabeza. Había estado deseando encontrar algo extraño y de valor, tanto por el interés de la anciana como para apaciguar el enfado de Tony… y el suyo propio.

–¿No había nada de valor de plata o porcelana?

Bethany se preguntó por qué tendría él tanto interés en aquello.

–Lo único que quizá hubiéramos considerado comprar era un conjunto de figuras de porcelana Hochst. Pero desafortunadamente había sido dañado y arreglado de tan mala manera que ahora ya no tiene casi valor.

–Así que ha sido un viaje inútil.

–Me temo que sí.

Pero en realidad había sido todo lo contrario. Por fin estaba con Joel y tenían por delante toda la noche para conocerse.

Mientras hablaban, casi imperceptiblemente la luz de la lámpara se había hecho más tenue. Entonces él tomó la lámpara y la agitó.

–Me temo que no nos queda casi aceite –dijo, mirando en los armarios–. Parece que no hay más. Menos mal que ya es hora de irse a la cama.

Tomó la tetera y la puso en la cocina.

–No sería mala idea que hagamos la cama mientras todavía queda un poco de luz.

Bethany tomó de un armario ropa de cama y él se

acercó a ayudarla. Pero en el momento en que ella se apartó de la chimenea, comenzó a sentir mucho frío. Joel se dio cuenta de ello al verla estremecerse mientras hacían la cama.

—Parece que el edredón es bueno, así que se estará lo suficientemente caliente dentro de la cama.

Entonces, al pensar en que sólo había una cama, a Bethany comenzó a darle vuelcos el estómago. Joel se percató de la excitación de ella y lo interpretó como miedo.

—No te preocupes, la cama es toda tuya.

—Bueno, si yo me quedo con la cama, ¿dónde vas a dormir tú?

—Yo me apañaré con la butaca y una manta.

—No hay ninguna manta, sólo hay este edredón.

—En ese caso tendré que mantener el fuego avivado… —Joel no parecía preocupado—. Ahora, como creo que a la lámpara le quedan sólo unos pocos minutos de estar encendida, si tenemos suerte, será mejor que utilices tú primero el cuarto de baño. Hay toallas y jabón, pero supongo que no te apetecerá darte una ducha fría, ¿verdad?

—Supones bien.

—¿Te caliento agua en la tetera?

—¡Vaya lujo!

—No eres una mujer difícil de complacer.

—Lo único que me molesta es no ser capaz de lavarme los dientes —admitió ella.

Pero entonces Joel abrió uno de los cajones y sacó unos neceseres de regalo del hotel, que contenían pasta y cepillo de dientes.

—A todos los efectos somos clientes del hotel. Así que vamos a tomarlos prestados.

—Estupendo.

Joel le dio los neceseres a Bethany y llevó la lámpara y la tetera al cuarto de baño.

–¿Te las arreglarás con esto?

–Sí, muy bien, gracias –dijo ella, agradecida.

–Entonces ya me marcho –dijo él, cerrando la puerta tras de sí.

Bethany se lavó los dientes con un agua tan fría que casi le dolieron y, quitándose la pulsera, se lavó con la mitad del agua de la tetera, dejando la otra mitad para Joel.

Hacía tanto frío que le salía vaho por la boca al respirar, pero el saber que él estaba tan cerca hizo que estuviera caliente por dentro.

Cuando terminó, él entró al cuarto de baño y cuando salió, llevando consigo la lámpara, ya no quedaba casi luz en ésta.

–Eres una mujer generosa –comentó–. ¿Te apetece beber algo caliente antes de acostarnos?

–Sí, gracias.

Entonces, tras lavar las dos tazas y preparar café, Joel se sentó a su lado. La lámpara ya no alumbraba más y la chimenea ofrecía intimidad y un ambiente placentero.

Cuando hubieron terminado el café, ella iba a preguntarle por él, pero Joel se le adelantó.

–Cuéntame cómo te metiste en el negocio de las antigüedades.

–Era algo que siempre había querido hacer. Aunque mi padre es contable, siempre le han fascinado las cosas antiguas y bonitas. Una fascinación que me transmitió, así como también conocimientos sobre el tema, por lo que cuando dejé el colegio me puse a trabajar en Feldon Antiques, en Londres.

–Londres es muy grande… y estoy seguro de que nunca nos hemos visto. Pero…

Analizando la preciosa cara de Bethany a la luz del fuego, sus ojos grises y sus oscuras cejas, Joel continuó hablando.

–Tengo la extraña sensación de que te he visto antes… Tienes una cara que me parece familiar, me recuerdas a alguien…

Entonces ella lo miró; tenía el corazón acelerado.

–¿Conoces la sensación de cuando recuerdas algo pero no completamente…? Quizá te conocí en mis sueños… –se acercó y le acarició la mejilla–. Quizá en algún sueño te he besado, te he abrazado, te he hecho el amor…

Comenzó a acariciarle los labios.

–Es lo que he querido hacer desde el primer momento en que te he visto… –añadió dulcemente.

Bethany se quedó allí quieta mientras se le derretían todos los huesos del cuerpo y se le henchía el corazón.

–Es lo que quiero hacer ahora… –continuó diciendo él, acercándose y besándola.

Aquel beso fue como ningún otro que ella hubiese experimentado antes. Contenía todo lo que siempre había querido; placer, excitación, calidez y la alegría de pertenecerle a alguien.

Cuando abrió los labios bajo los de él, Joel la besó más profundamente hasta que ella ardió de pasión, deseándolo completamente. Entonces él se levantó y la acercó a su duro cuerpo.

Todavía besándola, comenzó a acariciarla y ella se echó sobre él, emitiendo pequeños sonidos con la garganta.

Ni el frío que sintió cuando él le quitó la ropa ni lo

frías que estaban las sábanas cuando la colocó sobre ellas, consiguieron romper el hechizo que él había creado.

Cuando, tras desnudarse, Joel se metió en la cama con ella y la acercó a su cuerpo desnudo, fue una sensación maravillosa.

Era un buen amante, fuerte, potente, apasionado, así como habilidoso y delicado. No una, sino dos veces hizo que viera las estrellas de placer antes de abrazarla estrechamente.

Acurrucada en él, con el cuerpo satisfecho y la mente eufórica, supo que nunca había estado tan contenta, tan feliz. ¡Por fin estaba con él!

Se quedó dormida dando las gracias en silencio por el mutuo embelesamiento que se tenían…

Cuando se despertó, por un momento estuvo completamente desorientada. Pero entonces comenzó a recordar la noche anterior, Joel… llenándola de placer.

Suspirando, trató de tocarlo con la mano. Pero el espacio que tenía al lado estaba frío y vacío. Se apoyó en un hombro y miró en la penumbra.

No había rastro de él y, aunque su ropa estaba donde la había puesto la noche anterior, la de él había desaparecido. Claro, él estaría en el cuarto de baño, lavándose y vistiéndose.

La chimenea permanecía encendida, pero apenas daba calor. Tenía la piel de gallina y se levantó; se vistió rápidamente.

Entonces abrió las cortinas. Ya no había niebla, pero la mañana estaba sombría y nublada.

Miró su reloj y se dio cuenta de que eran casi las nueve y cuarto.

Esbozó una mueca. Tony estaría furioso. Había dejado muy claro que si no tenían que quedarse más tiempo quería volver a la ciudad lo antes posible.

Pero ni incluso el pensar lo enfadado que estaría cuando ella llegara tan tarde y sin nada que enseñar de su visita a la señora Deramack consiguió echar a perder su felicidad.

Aunque por el momento no sabía mucho de Joel, sólo que venía de Londres, por fin habían estado juntos. Amantes. Enamorados para siempre. Tenían un maravilloso futuro por delante.

Mientras esperaba a que él saliera del cuarto de baño, puso agua a calentar en la tetera, tomó dos tazas y echó café instantáneo.

Entonces volvió a acercarse a la chimenea. Tomó su bolso y comenzó a abrir el compartimiento donde tenía su peine y su maquillaje.

Pero algo, que parecía como una esquina de una toallita desmaquillante, se pilló con la cremallera, se quedó atascada. Le pareció extraño ya que la noche anterior había colocado bien su peine.

Su teléfono móvil no estaba en el compartimiento en el que normalmente estaba, pero seguro que había estado tan excitada que no se había parado a preocuparse por esas cosas.

Frunció el ceño y desatascó la cremallera. Entonces se peinó, haciéndose su habitual moño.

Cuando volvió a colocar el peine en su bolso, se percató de que aparte de la tetera y de la chimenea, todo estaba en silencio. No se oía ningún ruido. No se oía agua correr...

Tratando de contener el pánico que se estaba apoderando de ella, se acercó y llamó a la puerta del cuarto de baño.

—Joel… ¿vas a tardar mucho?

No hubo respuesta.

Entonces abrió la puerta y vio que allí no había nadie.

Se dijo a sí misma que seguramente habría salido a hablar con el conserje. Regresaría en poco tiempo.

Pero cuando hubieron pasado cinco minutos sin señal de él, algo helado comenzó a presionar su corazón.

Después de todo lo que habían compartido la noche anterior él no podía haberse marchado de aquella manera, sin decir ni una palabra. No *podía* haberlo hecho.

«¡Claro!», de repente se dio cuenta de lo que estaba pasando. Él habría ido por su coche.

Cuando la tetera pitó, preparó una sola taza de café y se la bebió frente al fuego.

Pero después de otra media hora supo con una terrible certeza de que Joel no iba a volver. Quizá, en su interior, lo había sabido desde el principio.

Joel se había marchado para siempre. Se había marchado sin decirle ni una sola palabra. Sin ni siquiera dejar una nota.

Había entrado y salido de su vida como un espectro. Todo lo que sabía de él era su nombre y que vivía en Londres. Quizá incluso fuese un hombre casado.

Un dolor muy intenso se apoderó de ella, impidiendo que se pudiera mover o respirar.

La noche anterior no había significado nada para él. Simplemente se había aprovechado de la situación. Sólo había querido seducirla.

Quizá había pensado que Tony era su amante y que ella era una mujer fácil.

Bueno, amargamente pensó que en realidad sí que lo había sido. Estúpidamente fácil.

Enamorada de un sueño, se había comportado como una adolescente tonta que no sabe controlar sus impulsos ni respetarse a sí misma.

Se quedó allí de pie mirando al vacío durante largo rato antes de ser capaz de moverse. Entonces tomó su abrigo, su bolso y se dirigió hacia el coche.

Las llaves estaban puestas, tal y como Joel las había dejado la noche anterior. Tras un momento, arrancó y como un autómata condujo de vuelta a Dundale.

Eran casi las doce cuando llegó al Inn. Se encontró con Tony andando por el vestíbulo, tan enfurecido como se había imaginado.

—¡Por fin estás aquí! Me he estado preguntando qué demonios te había pasado. ¿Tienes idea del tiempo que llevo esperándote? —exigió, enfadado.

—Lo siento. Me temo que me quedé dormida.

—¡Que te quedaste dormida! —Tony dijo una blasfemia—. ¿Y dónde demonios has dormido?

Haciendo un resumen, le explicó que se le había pinchado la rueda, la niebla que hacía y que había tenido que pasar la noche en un hotel que oficialmente estaba cerrado durante el invierno. No mencionó a Joel.

—¿Por qué no me avisaste? —su jefe parecía incluso más exasperado.

—No había cobertura —explicó ella, contenta al ver que él gruñó pero que se conformó con eso.

—¿Qué tal te fue con la señora Deramack? ¿Tenía buen material?

Bethany negó con la cabeza y Tony soltó una palabrota.

—¿Qué tal Greendales? —preguntó ella, tratando de relajar un poco la tensión—. Parecía que tenían algunas cosas preciosas.

–Y las tenían –admitió él de mala gana–. Pero sus precios eran demasiado altos. Las ventas privadas tienen más sentido. Por eso estaba esperando que la anciana tuviese algo que mereciese la pena. Tal y como están las cosas, el viaje ha sido una pérdida de tiempo. Y como te has quedado dormida, también está siendo una pérdida de la mañana.

–Lo siento –volvió a decir.

–Espero que no estés pensando en ir a comer antes de marcharnos.

–No, no tengo nada de hambre. Simplemente iré a recoger mis cosas.

Excepto por una parada que hicieron para reponer gasolina y tomar un café, condujeron directamente de regreso. Todavía de un humor de perros, Tony apenas dijo nada.

Por una parte fue un alivio, pero por otra dejaba demasiado tiempo para pensar; Bethany recordó una y otra vez lo que había ocurrido la noche anterior, llenándola de dolor.

Cuando por fin Tony la dejó en su casa, se sentía muy deprimida y le agradó mucho que Catherine, que era azafata de vuelo, fuera a estar de viaje hasta la siguiente semana ya que así tenía el piso para ella sola.

Incapaz de comer, aunque no había comido nada en todo el día, preparó té y se sentó a bebérselo. Se iría pronto a la cama; necesitaba dormir.

Al día siguiente se tendría que levantar y afrontar el día como si nada hubiese ocurrido. Tenía que ser capaz de hacerlo.

Cuando terminó de beberse el té y se dirigía hacia la habitación, el teléfono sonó.

Durante un momento pensó en no responder, pero no pudo evitar hacerlo.

—¿Hola?

—Así que ya has vuelto…

Era Michael Sharman. Lo había conocido hacía unos meses y le caía bien. Habían salido juntos en bastantes ocasiones, pero ella no veía en él otra cosa más que un amigo.

—¿Bethany?

No estaba de humor para hablar con nadie. Suspiró.

—Sí, he vuelto.

—Estás extraña.

—Estoy un poco cansada.

—Te llamé hace un rato. ¿Hace mucho que estás en casa?

—No.

—¿Te gustaría salir a cenar?

—Creo que no, Michael.

—¿Por qué no? —preguntó él.

—Estaba a punto de acostarme.

—¿Acostarte? —exclamó él, sorprendido—. No son ni las ocho. Mira, ¿y si paso a buscarte?

—No, gracias. Estoy cansada —entonces, dándose cuenta de que había estado muy grosera, añadió, disculpándose—. Lo siento. Supongo que estoy incluso más cansada de lo que pensaba.

—¿Seguro que no puedo hacerte cambiar de idea? Quizá salir sea lo que necesitas para animarte.

—Lo dudo.

—En ese caso… —dijo Michael a regañadientes—. … salgamos mañana por la noche.

—Bueno, yo…

—¿Te paso a buscar a las siete? Iremos al Caribbean Club y nos lo pasaremos muy bien.

Antes de que ella pudiese decir nada, él colgó el teléfono.

Suspirando, Bethany hizo lo mismo. Si veía que no podría ir, simplemente tendría que telefonearle y decirle que lo dejaban para otra ocasión.

Pero se preguntó qué haría si se quedaba en casa. Se quedaría deprimida y eso no la ayudaría.

Había conocido a Michael cuando éste había ido a la tienda de antigüedades para vender un cuenco de porcelana de su abuela, ya que necesitaba dinero en efectivo.

Después, había ido a la tienda de nuevo a vender algunos artículos que Tony no había querido comprar, pero que ella lo había hecho para su colección privada.

La pulsera en la que Joel había estado tan interesado había sido uno de ellos.

¿Pero dónde estaba la pulsera?

Recordó que se la había quitado en el cuarto de baño del hotel la noche anterior. Buscó en su bolso, pero allí no estaba…

Debía habérsela dejado en el hotel. Entonces sus ánimos decayeron aún más. Hasta aquel momento, y a pesar del dolor que sentía por dentro, no había llorado, pero entonces no pudo evitarlo. Lloró hasta que ya no le quedaron más lágrimas, tras lo cual se duchó y se acurrucó en la cama.

Por la mañana tendría que tratar de ponerse en contacto con el conserje del hotel…

Pero se dio cuenta de que ni siquiera sabía el nombre del hotel, todo lo que sabía era que estaba a las afueras de Dunscar.

Bethany se despertó sintiéndose cansada y apenada. Aunque no tenía apetito se preparó algo de desayuno antes de salir hacia la tienda.

Era una mañana gris, perfectamente acorde con sus sentimientos. Lo único bueno fue cuando Tony, todavía enfadado, dijo que una vez hubiese revisado el correo saldría y estaría fuera todo el día.

Tras haber trabajado varios fines de semanas seguidos, Bethany tenía derecho a tres días libres, lo que significaba que hasta el lunes no tendría que regresar a la tienda.

No había nada urgente que hacer y comenzó a tratar de encontrar el nombre del hotel. La agencia de información de la zona estaba abierta y le dijeron el nombre, ofreciéndole incluso el número de teléfono.

Cuando telefoneó, no obtuvo respuesta. Estuvo telefoneando durante el resto del día sin éxito.

Llegó a su piso casi a las seis y media y Michael pasaría a buscarla a las siete…

Capítulo 3

NO SE sentía con ganas de salir y le dieron ganas de telefonear a Michael y ponerle alguna excusa. Pero ganó el sentido común y decidió que le vendría mucho mejor salir que quedarse en casa deprimida.

Se duchó, se maquilló levemente y se puso su mejor vestido de fiesta, azul oscuro.

Cuando él llamó a la puerta estaba preparada. Cuando abrió, vio a Michael allí de pie con un ramo de rosas rojas.

—¡Guau! —exclamó él al verla—. Estás guapísima —entonces le ofreció las flores—. Espero que te gusten.

—Gracias, sí que me gustan. Son preciosas. Si pasas un momento las pondré en agua.

Él la siguió a la cocina y esperó a que ella colocara las rosas en un jarrón con agua. Michael era un joven atractivo de pelo oscuro y rizado, proveniente de una familia de dinero... era un gran partido.

—¿Ha sido un viaje fructífero? —preguntó él mientras observaba cómo ella arreglaba las flores.

—No mucho.

—Me pareció que estabas deprimida. Oh, bueno, olvidémonos de nuestros problemas y vamos a pasarlo bien.

Preguntándose qué problemas podría tener él, Bethany cerró la puerta y le siguió hacia su Porsche.

Estuvieron bailando y cenando en el Caribbean Club y ella hizo todo lo que pudo para ocultar su tristeza y parecer alegre. Pero a pesar de ello, Michael se percató de su bajo estado de ánimo.

—Estás realmente deprimida, ¿verdad? —señaló él.

—Lo siento si he echado a perder tu noche —respondió ella, sintiéndose culpable.

—Pues claro que no lo has hecho —Michael suspiró—. Yo tampoco estoy muy contento.

—¿Tienes algún problema?

—Sí… estoy metido en un lío. Necesito una cuantiosa suma de dinero y la necesito rápido.

Al observar lo sorprendida que estaba Bethany, continuó hablando.

—Si estás pensando en lo que obtuve por el cuenco… lo invertí en un espectáculo que estaba buscando patrocinadores. Si sale adelante, debería hacer a todas las personas implicadas, incluyéndome a mí, multimillonarios. Pero faltan algunos meses hasta que se estrene y me he enterado hoy de que se les está acabando el dinero.

Michael parecía tan desanimado que Bethany se compadeció de él.

—¿No pueden encontrar más patrocinadores?

—Lo han intentado, pero una vez que se conoce que un proyecto es incierto nadie quiere correr riesgos. Así que de una manera u otra, necesito dinero en efectivo.

—¿Y la casa de tu abuela?

—Desafortunadamente no la puedo vender.

—¿Le tienes cariño porque fue la casa de tu familia?

–¡No! Ahora que todo el personal de servicio se ha marchado, a excepción de una mujer de la limpieza, me recuerda a un mausoleo. Gracias a Dios que mi hermanastro me dijo que podía ir a vivir con él durante un tiempo…

–¿Estás viviendo con tu hermanastro?

–No funcionó. Todo lo que él quería hacer era controlarme. Comenzó a fastidiarme por mis horarios, así que ahora estoy compartiendo un pequeño piso con una amiga mía. Esperaba poder alquilar algo para mí solo, pero mi asignación no me alcanza.

En ese momento se enfadó un poco.

–Podría permitirme comprar un piso y todavía me quedaría una cantidad de dinero para gastar si pudiese poner la maldita casa a la venta.

Observando el ceño fruncido de Bethany, prosiguió hablando.

–Pero incluso cuando las cosas se legalicen, debido a las condiciones del testamento, no puedo venderla hasta que no cumpla veinticinco años y para eso quedan dos años. Hasta entonces es mi hermanastro el que tiene el control.

–¿No te podría ayudar tu familia mientras tanto?

–Él es la única familia que me queda.

–¿A qué se dedica?

–Es empresario –explicó Michael agriamente–. Es el propietario de JSM Internacional y tiene intereses en muchos otros negocios.

–¿Es mucho mayor que tú?

–Sólo me saca seis años.

Al ver lo sorprendida que se quedó ella, Michael continuó explicando.

–Hizo su fortuna cuando era joven, comprando

negocios en quiebra, levantándolos y vendiéndolos, obteniendo así un gran beneficio.

–Bueno, seguro que te ayudaría si se lo pidieras, ¿no?

–¡Debes estar de broma! La última vez que tuve que pedirle dinero, pagó mis deudas de mala gana. Pero cuando le pedí que me aumentara la asignación dijo que ya era hora de que yo encontrara un trabajo.

Michael suspiró al recordar aquello.

–Le señalé que no tenía preparación para ejercer ningún trabajo y entonces me ofreció un puesto en su sucursal de Los Ángeles. Estoy seguro de que allí el clima es estupendo, pero… ¿quién en su sano juicio quiere atarse a una oficina cinco días de siete? Mi única esperanza es que entre el resto de los objetos de mi abuela quede algo realmente valioso… ¿te importaría ir a echar un vistazo y aconsejarme?

–Desde luego. ¿Cuándo te…?

–Esta noche –la interrumpió él, impaciente–. Podemos pasarnos por allí cuando te lleve a tu piso.

Cansada y con dolor de cabeza, a Bethany no había nada que le apeteciese menos, pero se sentía en deuda con él y accedió.

–Está bien.

Entonces él pagó la cuenta, tomó sus abrigos y guió a Bethany hasta el coche.

En pocos minutos estuvieron en la elegante casa de la abuela de él, en Lanervic Square.

Mientras Michael la guiaba hacia el salón, se dio cuenta de por qué había definido la casa como un mausoleo.

A primera vista todos los muebles parecían antigüedades. Había varias vitrinas repletas de cerámica y porcelana china.

Estupefacta por todos los objetos que allí había, se quedó mirándolo en silencio.

–¿Crees que hay algo de lo que pueda sacar una buena cantidad de dinero?

–Casi seguro que sí. ¿Cuántas piezas quieres vender?

–Una… dos como mucho. Si no podría ser… –dejó de hablar repentinamente.

–Catalogar unos pocos objetos me llevará bastante tiempo –dijo Bethany–. Así que tendría más sentido que volvamos mañana.

–Tengo una idea mejor… –dijo él, tomándole la mano–. ¿Por qué no te quedas a dormir?

Antes de que ella pudiese negarse, Michael la abrazó y comenzó a besarla con una pasión que durante un par de segundos la agobió. Entonces trató de apartarse. Pero él la estaba agarrando con fuerza y era mucho más fuerte de lo que ella se había imaginado.

Estaba tratando de soltarse cuando de repente él la dejó libre. Estaba ruborizado y asustado y miraba con los ojos desorbitados hacia algo detrás de ella.

Entonces Bethany se dio la vuelta para mirar qué era lo que estaba mirando él y vio una figura de hombre en la puerta.

Aturdida, se encontró mirando a Joel. Michael fue el primero en romper el silencio.

–De… demonios… me has asustado.

–Ya veo –dijo Joel.

–¿Qué haces aquí? –preguntó Michael, con un leve toque de chulería.

–Yo te podría preguntar lo mismo, aunque la respuesta es obvia. ¿O me equivoco?

–Bueno, yo… yo invité a Bethany a pasar para… para que viera dónde vivo.

Joel la miró como si nunca la hubiese visto antes y esbozó una pequeña sonrisa despectiva.

–¿De verdad?

–No hay nada de malo en eso, ¿no es así? –dijo Michael, bravucón–. De todas maneras, estábamos a punto de irnos.

–Entonces buenas noches a ambos.

Impresionada y anonadada, incapaz de pensar con claridad, Bethany se había quedado allí de pie, paralizada, mirando a Joel.

Entonces Michael la guió fuera de la casa y hacia su coche a toda prisa.

–¡Lo ha echado a perder! –exclamó Michael mientras arrancaba el coche–. Debe haber oído todo. ¡Vaya mala suerte que haya entrado justo en ese momento!

Mientras ella estaba todavía tratando de ponerse el cinturón de seguridad, él comenzó a conducir a toda prisa.

–¿Era ése tu...? –no pudo terminar de preguntar. Tragó saliva con fuerza y lo intentó de nuevo–. ¿Era ése tu hermanastro?

–Sí, para mi castigo. ¿Te das cuenta ahora de lo que quiero decir? ¿Has visto cómo es? Siempre ha sido un bastardo arrogante, pero ahora que maneja los hilos se cree que es el amo del mundo –Michael continuó hablando mientras conducía–. Bueno, quizá ahora tenga el control de todo, pero uno de estos días yo me convertiré en mi propio jefe y ya no tendré que rendirle cuentas nunca más...

Durante los siguientes momentos, que transcurrieron en silencio, Bethany trató de recomponerse y aceptar lo increíble.

Parecía tan extraño, tan irreal... Joel era el hermanastro de Michael. Sintió como si el destino estuviese burlándose de ella, divirtiéndose a su costa.

Volver a verlo de aquella manera le había afectado mucho. Pero lo que la había perturbado aún más había sido la manera con la que él la había mirado... como si la despreciara.

Obviamente había oído a Michael pidiéndole que se quedara a pasar la noche y habría supuesto que eran amantes. Y después de lo que había pasado en Lakes, debía haber pensado que ella era una inmoral, que era una mujer sin principios que se acostaba con un hombre al que acababa de conocer...

Si él la hubiese respetado, no se habría marchado a la mañana siguiente sin decir una palabra.

Cuando llegaron a su calle, Michael aparcó el coche y la acompañó a la puerta del edificio.

—¿Puedo subir?

Era lo último que ella quería, estaba demasiado abatida, demasiado nerviosa.

Iba a poner alguna excusa cuando él prosiguió.

—¡Dios, necesito un coñac!

Cuando conducía no solía beber, pero al observar su cara, Bethany se dio cuenta de que realmente necesitaba algo para tranquilizarse. Entonces ambos subieron a su piso.

Michael se sentó en uno de los sillones mientras ella se quitaba el abrigo y le servía un coñac.

—Gracias —Michael se lo bebió de un trago y tendió el vaso para que le sirviera más.

—Tienes que conducir —le recordó ella.

—Sírveme sólo un poco.

—Prepararé café —dijo Bethany.

—Estás actuando como si fueras mi esposa —acusó él.

—¿No querrás correr el riesgo de perder tu licencia de conducir?

—¡Dios, no!

Mientras Michael se quedó mirando al vacío, malhumorado, Bethany preparó una jarra de café muy cargado y le sirvió una taza, acercándosela antes de sentarse en el sofá.

—Imagínate que nos casamos —dijo él repentinamente tras beber un sorbo de café.

—¿Casarnos?

—¿Por qué no? Sabes que estoy loco por ti. Tú tienes todo lo que he estado buscando en una mujer. Nos lo podríamos pasar muy bien juntos.

—Es ridículo —Bethany agitó la cabeza enérgicamente.

—¿Qué es lo que es ridículo? —Michael parecía herido—. Tal vez no tenga mucho dinero en este momento, pero algún día lo tendré. No tengo que trabajar para poder vivir. Tengo un coche estupendo… La familia a la que pertenezco es influyente y tú tendrías un lugar en la sociedad.

—Lo siento, Michael, de ninguna manera —respondió ella, pensando en Joel.

—¿Por qué de ninguna manera?

Bethany se levantó, inquieta.

—Bu… bueno, por una razón; no te amo.

—Dame tiempo y tal vez cambies de opinión.

—Lo siento Michael, no funcionaría.

Él se levantó y, tomándola por los hombros, le habló muy seriamente.

—Mira, no digas nada ahora. Piénsalo —intentando sonreír, añadió—. Quizá por la mañana la idea te parezca un poco más apetecible… Come conmigo y contéstame entonces.

Robándole un beso se apartó de ella y se marchó.

Bethany volvió a sentarse en el sofá, muy confundida. Pero antes de que ni siquiera pudiese comenzar a aclararse las ideas, oyó las pisadas de él regresando y cómo llamaba a la puerta.

Miró a su alrededor para ver qué se había olvidado y se dirigió a abrir la puerta. Cuando lo hizo, un hombre que no era Michael entró en el piso, cerrando la puerta tras de sí.

Le pareció que se le detenía el corazón y que no podía respirar cuando por segunda vez aquella noche estuvo delante de Joel.

—¿Qué… qué estás haciendo aquí? ¿Cómo has sabido dónde vivo? —tartamudeó ella.

—Os seguí hasta tu casa —admitió él con todo descaro.

—¿Qué quieres?

—Quiero hablar contigo.

Ella se quedó con la boca abierta, mirándolo.

—Estamos solos, ¿verdad?

—Sí —dijo ella, haciendo un gran esfuerzo para recomponerse.

—Bien. ¿Nos sentamos?

Bethany, temblorosa, se forzó a dirigirse hacia el sofá y sentarse.

Joel esperó a que ella estuviese sentada para quitarse el abrigo y sentarse a su vez frente a ella.

La mera presencia de aquel hombre le agobiaba pero, como no quería que él tuviera el control de la situación, preguntó de la manera más calmada que le fue posible.

—¿De qué quieres hablar?

—Conociendo a Michael como lo conozco, sospecho que te va a pedir que te cases con él…

Entonces observó la expresión de la cara de ella.

—Ah, veo que ya te lo ha pedido. Espero que no hayas aceptado.

—Eso no tiene nada que ver contigo —dijo ella, contrariada por la arrogancia de él.

—Ahí te equivocas. Tiene *todo* que ver conmigo. *¿Qué le has contestado?*

Bethany apartó la vista y negó con la cabeza.

—Todavía no le he dado una respuesta definitiva.

—Bien —la voz de Joel reflejaba satisfacción—. ¿Cuándo espera él que le contestes?

—Mañana, cuando pase a buscarme para ir a comer juntos —contestó Bethany en voz baja.

—Dirás que no, desde luego —dijo él, mirándola directamente a los ojos.

Aquello era una orden. Y negándose a que la intimidara aún más, mintió.

—Todavía no me he decidido.

Aquello enfadó a Joel.

—Bueno, métete esto en tu preciosa cabeza; de ninguna manera voy a permitir que te cases con él.

—Quizá ejerzas algún tipo de control financiero sobre la vida de Michael… —dijo ella, furiosa—. … pero no puedes impedirle que se case con quien quiera. Y desde luego que a mí no me puedes decir lo que tengo que hacer.

Se hizo un corto silencio, tras lo cual Joel habló.

—Eso es verdad. Si estás decidida a casarte con él, no te puedo detener. Pero sería un triste error.

—¿Por qué estás tan en contra de ello? —preguntó Bethany sin pararse a pensar.

Él levantó una ceja y ella, ruborizada, se contestó a sí misma.

—Porque crees que no tengo moralidad alguna.

—¿Por qué debería yo pensar eso? —preguntó él burlonamente.

—Porque... —dejó de hablar, ruborizándose aún más.

—¿Porque te has acostado con los dos?

—Eso no es así.

—No me digas que abrazarte, sentir tu cuerpo desnudo y hacerte el amor fue sólo un sueño.

—No me he acostado con Michael —dijo ella, odiando el tono de burla en la voz de él.

—¿Nunca?

—Nunca.

Joel levantó una ceja, como cuestionándose la respuesta de ella.

—Oí cómo él te invitaba a quedarte a pasar la noche.

—Si no me hubiera besado cuando lo hizo, habrías oído también cómo me negaba a ello.

—¿Poniéndole las cosas difíciles? ¿O es que *Tony* se habría negado?

Bethany estaba furiosa.

—Tony es mi jefe, no mi novio.

—Ya me lo has dicho.

—Pero no me crees.

—Lo habría hecho si, en el Dundale Inn, no os hubierais registrado como el señor y la señora Feldon.

—¿Cómo sabes eso? —exigió saber, sorprendida.

—Es verdad, ¿no es así?

—Sí, pero Tony hizo las reservas sin que yo supiera nada...

Era bastante obvio que Joel no la creía. Pero aun así, ella continuó explicándose.

—Él estaba esperando «pasárselo bien», según sus propias palabras...

—Supongo que está acostumbrado a hacerlo.

—No conmigo. Ni siquiera me gusta. Pero desde que rompí mi compromiso ha estado tratando de llevarme a la…

—¿Con quién estabas comprometida?

—Con un hombre llamado Devlin.

—¿Y por qué rompiste el compromiso?

—Porque cuando volví de un viaje de negocios lo encontré en la cama con otra mujer.

—Así que tu jefe ha tratado de pasárselo bien contigo, pero hasta el momento no ha tenido éxito…

Bethany cruzó los brazos en un gesto desafiante.

—No, no lo ha tenido.

Joel sonrió irónicamente.

—Para haberse atrevido a reservar una habitación doble debía haber tenido mucha confianza.

—Estaba equivocado en tenerla —dijo ella—. Cuando descubrí lo que había hecho, insistí en que me dieran otra habitación.

—¿De verdad? —dijo él, arrastrando las palabras.

—Sí, de verdad. Si hubieras seguido investigando, habrías descubierto que yo dormí en la habitación número nueve. En mi propia habitación.

—Eso no debió agradar a nuestro donjuán.

—No, no lo hizo. Me llamó mojigata y remilgada.

—Yo desde luego que no te llamaría mojigata ni remilgada. De hecho, todo lo contrario. Pero continúa —dijo él. Sus ojos reflejaban burla.

—Le dije que no iba a dormir con él y…

—Supongo que depende de lo que quieras decir con «dormir con él» —Joel lanzó una risotada.

—Crees que soy una mujer fácil, ¿no es así? —dijo ella, controlando las ganas de llorar—. Es por eso que no quieres que me case con Michael.

–No quiero que te cases con Michael por muchas razones –informó él con serenidad.

–¿Como cuáles?

–Quizá esté celoso. Tal vez te quiera para mí mismo.

No siendo capaz de creérselo, Bethany se quedó mirándolo en silencio. Le faltaba el aliento.

Entonces Joel se levantó y la tomó de la mano, haciendo que ella también se levantara. La miró y le acarició los labios.

Al percatarse de lo que pretendía hacer él, un escalofrío le recorrió el cuerpo.

–No. Por favor, no.

–¿No, qué? –preguntó él, acercándose hacia ella.

–No me beses –dijo, desesperada–. No quiero que me beses.

Joel puso una mano a cada lado de la cabeza de ella, sujetándola.

–Desde luego que te voy a besar. Sabes perfectamente que quieres que lo haga.

Entonces acercó su cara y la besó, incitando al principio con su lengua para después mordisquearle el labio inferior.

Ella trató de mantener los labios cerrados, pero a los pocos segundos, incapaz de controlarlo, los abrió bajo aquella hábil persuasión.

Con un pequeño murmullo de satisfacción masculina, Joel aprovechó para besarla más profundamente.

La besó durante largo rato, impaciente, hambriento...

Entonces levantó la cabeza y la miró a la cara. Tenía los ojos cerrados y los labios húmedos.

–Eres realmente exquisita. Tienes la clase de belleza con la que sueñan los hombres normalmente, pero que rara vez tienen la suficiente suerte como para encontrarla…

A Bethany le encantó que él la considerara guapa, sintiéndose invadida por una sensación de placer que casi le impide darse cuenta de lo que él dijo a continuación.

—Si tu interior también fuera bello, serías una de las cosas más perfectas que la naturaleza ha creado…

Entonces la tomó por la nuca, atrayendo su cara para volver a besarla.

La manera con que la besaba hizo que a ella le recorriesen el cuerpo una serie de escalofríos de placer y excitación.

Mientras la besaba, le acariciaba las curvas de su cuerpo, las caderas y las nalgas, la cintura,… y por fin acarició sus suaves pechos.

Acarició un pezón con delicadeza y, al sentir cómo ella se estremecía, le susurró en la boca.

—Quiero llevarte a la cama y desnudarte para darte placer hasta que tiembles en mis manos. Quiero sentir tu cuerpo sobre el mío, quiero hacerte el amor hasta que te quedes sin sentido. Y entonces quiero volver a repetirlo todo…

Su sentido común le decía a Bethany que debía decirle que se marchara. Si le permitía que le hiciera el amor, después de la manera con la que se había marchado, dejándola sola en el hotel, sólo reforzaría la creencia de él de que ella era fácil.

Pero incluso tratando de actuar coherentemente con ello, podía sentir cómo aquel pensamiento la abandonaba y sintió su debilidad ante aquel hombre cuando él posó su boca en la suya de nuevo y sus caricias provocaron que cada nervio de su cuerpo se despertara.

Aunque en realidad apenas sabía nada de él, sabía con total certeza que de todos los hombres del mundo, aquél era el que ella había esperado siempre, su otra mitad, la parte que finalmente la hacía completa. Era su amor, su destino.

Cuando dejó de besarla y la tomó en brazos, ella, ardiente de pasión, no dijo nada.

La puerta de su habitación estaba entreabierta y Joel entró con ella. Entonces la dejó en el suelo y encendió la luz. Le quitó los zapatos, el vestido e hizo que se tumbara en la cama antes de quitarse él mismo la ropa y sentarse a su lado.

La luz de la lámpara de noche lanzaba reflejos dorados a la cremosa y perfecta piel de ella. Entonces Joel le desabrochó el sujetador y se lo quitó, deteniéndose a admirar sus firmes y preciosos pechos.

A continuación le quitó las medias, deslizándolas por las piernas eróticamente, masajeándole los pies una vez hubo llegado a ellos.

Las sensaciones que le hacía sentir eran increíbles; sus pies se volvieron erógenos ante las caricias de él, sus pezones se endurecieron y su estómago se contrajo.

Para cuando le quitó las bragas, ella estaba impaciente por sentirlo. Pero él claramente no tenía prisa, aunque estaba obviamente excitado, y desvió su atención hacia los hombros de ella, que comenzó a masajear. Tras estar un rato haciéndolo, le acarició los pechos para luego sustituir sus manos por su boca, provocando que Bethany temblara. Pero él estaba decidido a incitarla y, al explorar sus pechos con su lengua y labios, evitó tocar sus pezones.

Ella estaba a punto de explotar; espasmos de placer se habían apoderado de su cuerpo. Cuando él por fin chupó uno de sus pezones y acarició con sus dedos el otro al mismo tiempo, las sensaciones que ella comenzó a sentir fueron tan exquisitas que empezó a jadear y a retorcerse.

Entonces levantó sus caderas de manera provocativa, ya que estaba ansiosa de que la poseyera.

Joel levantó la cabeza y sonrió.

—Cuanto más prolonguemos las caricias, el placer para ambos será más intenso y prolongado...

Entonces bajó una mano y le acarició el centro de su feminidad, que estaba húmedo y cálido.

—Pero creo que ya casi lo hemos conseguido...

En varias ocasiones Bethany estuvo a punto de dejarse llevar y cuando por fin él la penetró, no pudo evitar gritar, cayendo en los abismos del placer.

Fue un orgasmo muy prolongando y todavía estaba estremeciéndose de placer cuando oyó que él gemía y sintió cómo apoyaba su cabeza en uno de sus pechos.

Cuando por fin recobraron un poco la calma y el corazón comenzó a latirles de nuevo con normalidad, él se apartó, dejándola momentáneamente sola y sintiendo frío. Entonces apagó la luz y se recostó a su lado, colocando la cabeza de ella en su hombro.

De nuevo todo estaba bien y a los pocos minutos ella se quedó dormida.

Tras un rato él la despertó con un beso.

El corazón de Bethany estaba rebosante de amor y gratitud y le devolvió el beso.

Entonces volvieron a hacer el amor con la misma intensidad, pero de manera diferente. Joel se movió con una desesperante lentitud, haciendo que ella se estremeciera.

Entonces, una vez que ella se hubo abandonado a aquella felicidad, él comenzó a intensificar el ritmo y a penetrarla más profundamente hasta que ella, agarrándole por el pelo, sintió un estallido de placer y no pudo evitar gritar ante aquella intensidad de éxtasis compartido...

Capítulo 4

CUANDO Bethany se despertó se sintió feliz ya que recordó que Joel estaba de nuevo en su vida.

Pero se dio la vuelta en la cama para encontrarse otra vez lo mismo; sólo un espacio vacío y frío. Le dio un vuelco al corazón. El silencio que había la convenció de que estaba sola.

Se incorporó y miró a su alrededor. Como esperaba, la ropa de él no estaba.

Pero no significaba necesariamente que él la hubiese abandonado por segunda vez. Miró la hora y vio que eran casi las diez menos cuarto. Quizá se había tenido que marchar porque tenía que atender algunos compromisos.

Pero si ése era el caso… ¿por qué no se lo había dicho?

Sintió cómo volvía a estar desesperada. Tal vez simplemente le había hecho el amor para poder decírselo a Michael, para así dejarle claro qué clase de mujer era ella.

Lo único que le apetecía hacer era esconderse con su sufrimiento, pero en menos de dos horas Michael pasaría a buscarla.

Le entró el pánico y pensó que tendría que telefonearle y decirle que estaba enferma…

Pero aquello era una postura cobarde y, como mucho, sólo era una solución temporal. Michael era muy persistente y no se dejaría disuadir fácilmente. Tenía que hablar con él cara a cara y dejarle claro que no tenían juntos ningún futuro.

Se levantó de la cama y se dirigió al cuarto de baño, sintiéndose sin vida.

Se dio una ducha que no ayudó a levantarle el ánimo. Entonces se vistió y se arregló el pelo en una coleta. Se miró en el espejo para ver cómo estaba.

Tenía una piel impecable y las cejas y las pestañas oscuras, lo que normalmente hacía que no necesitara mucho maquillaje. Pero en aquel momento parecía un fantasma, con la cara pálida y las mejillas hundidas, por lo cual se acercó a tomar su estuche de maquillaje.

Justo cuando acababa de terminar de maquillarse la puerta de su habitación se abrió.

Entonces dio un grito ahogado y se dio la vuelta, viendo a Joel apoyado en la puerta.

—Lo siento —dijo él, relajado—. ¿Te he asustado?

—Pen… pensaba que te habías ido —tartamudeó ella.

—Tenía cosas que hacer y me marché muy pronto. Me dio pena despertarte, así que tomé una llave prestada para poder volver a entrar en caso de que estuvieras todavía dormida. He tardado más de lo que pensaba, así que me alegro de ver que estás vestida y preparada. Todo lo que tienes que hacer es preparar una maleta.

—¿Una maleta? —preguntó Bethany sin comprender—. ¿Por qué tengo que preparar una maleta?

—Porque vas a pasar un largo fin de semana conmigo. Quieres, ¿no?

—No… no puedo —dijo ella, que sabía que si accedía él iba a pensar lo peor de ella.

–¿Por qué no? El otro día me dijiste que tenías algunos días libres.

–Y los tengo, pero…

–Entonces marchémonos, ya te explicaré todo después. ¿Dónde guardas tu maleta?

–En ese armario –contestó ella, excitada.

Casi antes de que ella terminara de hablar, él abrió el armario y sacó una maleta.

–Mete lo que vayas a necesitar. Oh, y no te olvides de tomar tu pasaporte.

Bethany metió en la maleta lo indispensable y unos cuantos accesorios de aseo.

Joel, elegantemente vestido, se quedó mirándola apoyado en el marco de la puerta.

–Estoy preparada –dijo ella una vez se hubo puesto el abrigo y tomado su bolso.

–Veo que eres una mujer eficiente y organizada –dijo él, tomando la maleta de ella.

–Oh, Michael va a venir a recogerme.

–Puedes telefonearle por el camino.

Tomándola por la cintura, Joel la sacó de la casa. En la acera había una limusina esperándolos y, al acercarse a ella, el chófer les abrió la puerta, tomando la maleta de Bethany.

–Espero que el tráfico no esté muy mal, vamos justos de tiempo –le dijo Joel al chófer, sentándose al lado de ella.

Bethany estaba a punto de preguntarle que a dónde iban cuando sonó el teléfono móvil de éste.

–Joel McAlister –contestó con brío.

La conversación telefónica que mantuvo fue larga y cuando terminó se disculpó con Bethany.

–Normalmente no dejo que los negocios interfieran en mi vida personal, pero hay una transacción muy importante que se está llevando a cabo que realmente tenía que atender. Debería haber estado allí en persona, pero como quería pasar estos días contigo, decidí que, por primera vez, podía mezclar los negocios con el placer.

Joel continuó hablando.

—Pero las cosas están saliendo bien, lo que significa que puedo centrarme sólo en ti.

Entonces la miró de una manera muy intensa, sonriéndole, y ella, inconscientemente, cerró los ojos y abrió los labios, esperando que la besara.

Pero él no lo hizo y ella, ruborizada, abrió los ojos y se dio cuenta de que él estaba todavía mirándola, esbozando una burlona sonrisa.

—Si me hubiese dejado llevar por la tentación de besarte, quizá habría perdido el control y no quiero impresionar a Greaves. Es un miembro destacado de la parroquia y está felizmente casado.

Bethany se ruborizó aún más, ya que sabía que él se estaba burlando de ella y miró por la ventanilla, preguntándose si estaba haciendo lo correcto marchándose de aquella manera con un hombre al que apenas conocía.

Pero no tenía sentido preguntarse aquello. Aunque estaba corriendo un gran riesgo y sabía que podía terminar sufriendo, había elegido estar con el hombre al que sabía que amaba.

O tal vez no había tenido otra posibilidad porque quizá estaba bajo su hechizo y no podía evitarlo. Aquello hizo que un escalofrío le recorriera la espina dorsal.

—¿Tienes frío? —preguntó él, pendiente de ella.

—No... No, para nada —Bethany sonrió débilmente.

—Si estás segura —murmuró él.

Bethany hizo un esfuerzo para relajarse.

—Todavía no sé dónde vamos —comentó.

—A Nueva York.

—¡Nueva York! —se quedó con la boca abierta, sorprendida—. ¿Por qué Nueva York?

—Mi madre era de allí y la mayoría de mis intereses financieros son anglo-americanos, así que ahora es mi segunda casa. Pensé que quizá te gustaría la idea.

—Oh, me gusta… es simplemente que parece un destino muy lejano para pasar un fin de semana y encontrar vuelos puede ser difícil…

—Tengo un avión privado esperándonos —interrumpió él suavemente—. Lo que facilita mucho las cosas.

Bethany recordó entonces que cuando Michael le había dicho que su hermanastro era muy rico no había exagerado. Tomó su bolso para buscar su teléfono móvil.

—Debo hablar con Michael antes de que salga de su casa.

—¿Qué explicación pretendes darle?

—Realmente no lo sé —admitió ella—. Pero no puedo permitir que vaya a buscarme y yo no esté.

Entonces marcó el número de teléfono de Michael.

—Lo siento, pero no voy a poder comer contigo.

—¿Por qué no? —preguntó él, que parecía enfadado.

—Me ha surgido algo y voy a estar fuera todo el fin de semana.

—¿Qué te ha surgido? ¿Adónde vas? Maldita sea, Bethany, lo menos que puedes hacer es explicarte.

—Bueno, yo…

Quitándole el teléfono de la mano, Joel lo apagó y se lo metió en el bolsillo.

–Ya le has dicho que no vas a estar allí. ¿Por qué complicar las cosas tratando de explicarlo?

–¿No crees que tiene derecho a una explicación?

–¿Quieres decir a una verdadera?

Bethany sintió cómo se ruborizaba; lo último que quería hacer era decirle a Michael la verdad.

–Quizá tenga *derecho* a una explicación –continuó diciendo Joel mordazmente–. ¿Pero no crees que sería *perturbador* para él, como mínimo, saber que la mujer con la que espera casarse se marcha a pasar el fin de semana a Nueva York con su hermanastro?

Bethany siempre había evitado mentir y no estaba preparada para aquella situación.

–Dime una cosa… –prosiguió Joel mientras se acercaban al aeropuerto–. ¿Cuándo te pidió exactamente Michael que te casaras con él?

–Anoche, cuando me llevó a mi casa.

–¿No antes de que fueras a Cumbria?

–No… ¿No creerás que…?

–¿Creer qué?

Entonces Bethany se quedó callada, mordiéndose el labio inferior.

–Continúa, por favor.

–¿No creerás que si Michael me lo hubiera propuesto antes de marcharme a Cumbria y yo hubiera tenido intención de casarme con él, me habría…?

–¿Acostado conmigo? –terminó él por ella–. Entonces no sabías que Michael y yo éramos hermanos, ¿qué te detendría?

Aquello impresionó muchísimo a Bethany. Él realmente pensaba que ella era promiscua.

–Hemos llegado a tiempo. Seremos capaces de

cumplimentar todas las formalidades y partir sin muchos problemas. Entonces, gracias a la diferencia horaria, llegaremos a Manhattan a primera hora de la tarde –dijo él, satisfecho, una vez llegaron a la terminal del aeropuerto.

–He cometido un error. No quiero ir contigo –informó ella entrecortadamente.

–Me temo que ya es muy tarde para arrepentirse.

–No tengo ninguna intención de ir contigo –repitió ella.

–¿Y qué pretendes hacer? –preguntó él, sonriendo con dureza.

–Tomaré un taxi de vuelta a Londres.

–¿Qué te ha hecho cambiar de opinión?

–Odio que pienses que soy promiscua –espetó. Al ver que él iba a decir algo, gritó–. ¡No te molestes en negarlo! Es por eso por lo que el otro día por la mañana te marchaste sin decir ni una palabra.

–Yo no hice eso –negó él–. Y odio que pienses que soy un bastardo.

–¿Qué quieres decir?

–Después de la noche que pasamos juntos, sólo un completo bastardo se marcharía sin decir una palabra.

–¿Entonces por qué…? –quiso saber ella, esperanzada.

–Pasó algo inesperado. Te lo explicaré después. Ahora no hay tiempo.

Cuando hubieron pasado todos los controles, pudieron subirse al avión privado de Joel. Fueron recibidos por Henri, el auxiliar de vuelo, un hombre de mediana edad con acento francés. Entonces se sentaron y se pusieron los cinturones de seguridad hasta que el avión tomó altura, momento en el cual Joel se desabrochó el suyo.

—Si no te importa, me gustaría hablar con el piloto —dijo educadamente.

—Desde luego.

—Quizá te gustaría echar un vistazo. Oh, y mientras tanto, si hay algo que necesitas, pídeselo a Henri.

En cuanto Joel se marchó a la cabina, el auxiliar de vuelo le enseñó a Bethany el lujoso salón. Ella rechazó el champán y el caviar que le ofreció, pero aceptó una taza de café.

Mientras se bebía el café admiró lo lujoso que era el avión y, cuando terminó de beber, se levantó para ver más dependencias de éste. Al final de la cabina había una pequeña pero lujosa habitación.

Al ver la cama frunció el ceño, preguntándose para qué necesitaría un hombre de negocios sábanas negras de seda, que desprendían sensualidad, a no ser que mezclara regularmente los negocios con el placer.

Afrontó el hecho de que había sido una tonta al marcharse con él. Pero no tenía por qué acostarse con él, siempre podía negarse.

Impresionada al darse cuenta de qué clase de hombre era del que tal vez se había enamorado, volvió a salir al salón, sentándose en uno de los sillones.

Llevaba allí sólo un rato cuando la puerta se abrió y apareció Joel.

—Jack dice que debería ser un vuelo tranquilo —dijo alegremente.

Entonces, se percató de la expresión de la cara de ella.

—¿Qué ocurre?

–Nada –negó ella rápidamente.

–Algo te ha disgustado –dijo él con certeza–. ¿Qué ha sido?

–Simplemente me estaba preguntando por qué necesitas una cama –dijo a toda prisa.

–¿Te refieres aparte de para dormir?

–¿Es para eso para todo lo que la utilizas?

–Es para todo lo que la he utilizado hasta el momento, aunque esperaba que este viaje fuese distinto.

–Me imagino que cada viaje será *distinto* –dijo ella con desprecio.

–¿Crees que normalmente mezclo los negocios con el placer?

–¿No lo haces?

–Como regla general mantengo los negocios y el placer separados. *Tú* eres la excepción a esa regla y, por cierto, la única mujer a la que he subido a bordo.

–¿Elegiría un hombre por sí mismo sábanas negras de seda? –dijo ella en alto.

–Nunca las he pedido. Le dejo ese tipo de detalles a Henri –secamente, añadió–. Tal vez esté tratando de crear la imagen de un millonario. Le pediré que las cambie por sábanas blancas.

–A mí no me molestan –se apresuró a decir ella–. No tengo la menor intención de…

Llamaron a la puerta y dejó de hablar. Henri entró con la comida en un carrito.

–Gracias, Henri –dijo Joel con educación–. Nos podemos servir nosotros mismos.

Entonces se dio la vuelta para dirigirse a Bethany.

–¿Qué te apetece? ¿Marisco? ¿Pollo? ¿Ensalada?

–No tengo hambre –dijo, siendo sincera. Se sentía muy revuelta.

–¿Desayunaste algo?

–No –admitió.

–Entonces, como no me gusta comer solo, me gustaría que me acompañaras.

–Realmente no tengo hambre –dijo lacónicamente.

–Estás muy delgada y no te puede hacer ningún bien no comer durante tanto tiempo.

Pero Bethany se quedó tercamente en silencio y Joel suspiró.

–Bueno, no te puedo obligar a que comas…

Ella se sintió triunfadora, pero él continuó hablando de manera insulsa.

–Tendré que pensar en otra actividad que podamos hacer juntos.

Bethany se quedó mirándolo, con el corazón revolucionado.

–Me resisto a pedirle a Henri que cambie las sábanas antes de comer, así que es estupendo que no te molesten.

–Tampoco me puedes obligar a que me vaya a la cama contigo –dijo ella, levantándose, inquieta.

–Si fuera tú, no lo apostaría, aunque *obligar* no es la palabra adecuada…

Entonces, con un ágil movimiento, echó para atrás a Bethany, tumbándose sobre ella.

–Persuasión es lo que más se aproxima.

Bethany podía oler el aroma de su piel, mezclado con el de su aftershave, y sintió cómo una serie de escalofríos le recorrieron el cuerpo.

–Si no me sueltas, llamaré a Henri –amenazó.

–¿Crees que un hombre que es tan disoluto como para utilizar sábanas negras en su cama no iría a contratar a un auxiliar de vuelo que fuera sordo? –se rió Joel, divertido.

—Dijiste que tú no habías elegido las sábanas —dijo ella con la voz ahogada.

—¿Me creíste?

—No, no lo hice —dijo, enfadada de que él se estuviese riendo de ella, intentando en vano soltarse.

Joel tocó el cuello de ella con sus labios.

—Pues es verdad. Pero, al aceptar pasar el fin de semana conmigo, habría pensado que hubieses podido soportar las sábanas de seda.

—Hablas como si yo tuviera por costumbre pasar los fines de semana con hombres...

—¿Y no es así? —dijo él, echándose para atrás y levantando una ceja burlonamente.

—No, no es así.

—¿Quieres decir que yo soy una excepción? —Joel se rió.

—Sí.

—Entonces explícame cómo es que, habiendo accedido a venir conmigo, ahora no quieres acostarte conmigo.

—Porque tú crees que soy promiscua —espetó.

—Pero ya te he dicho que no lo pienso —Joel sonrió lánguidamente.

—Eso no es lo que dijiste. Simplemente negaste que hubieras huido de mí.

—Lo que es verdad, pero supongo que tampoco creerás eso.

Ella *quería* creerlo.

—Dijiste que me lo explicarías... no sé qué creer hasta que no oiga lo que tengas que decir.

—Entonces hagamos una tregua y mientras comemos te explico qué fue lo que pasó exactamente.

—Aunque te crea no supondrá ninguna diferencia.

No cambiará lo que sientes por mí. No cambiará lo que dijiste en el coche.

–¿Qué dije en el coche? –preguntó él, inocentemente.

–Dijiste que como yo no sabía que entre Michael y tú había relación, nada me habría impedido acostarme contigo la primera noche aunque hubiese estado pensando en casarme con él.

–Eso era una pregunta, no una acusación. Quizá esperaba que me respondieses diciendo que no eres esa clase de mujer... o que tienes conciencia... moralidad...

–Si hubiese dicho cualquiera de esas cosas, ¿me habrías creído?

–Quizá sí, excepto una cosa...

Bethany sabía perfectamente cuál era esa cosa a la que se refería él. Ella había accedido a pasar el fin de semana con él, aunque todavía no le había dado a Michael una respuesta.

–Si tuviera alguna intención de casarme con Michael nunca hubiese accedido a venir contigo, fuerais parientes o no.

–¿No tienes ninguna intención de casarte con él?

–No, no la tengo. Traté de decírselo, pero no aceptaba un no por respuesta.

–Entonces, si no tenías ninguna intención de casarte con él, ¿por qué no me lo reconociste cuando te lo pregunté?

–Porque no me lo preguntaste. Simplemente me dijiste que dijera que *no* –dijo ella.

–Ya veo. ¿Por qué no lo aceptas?

–Porque no lo amo.

–¿Y qué tiene que ver el amor en todo esto?

–Hasta donde yo sé, todo. Nunca me casaría con

un hombre al que no amara –dijo ella, mirando hacia abajo, tímidamente.

–Dime una cosa… –comenzó a decir él.

–¿Qué?

–¿Por qué accediste a venir conmigo?

Bethany dudó un segundo, pero luego contestó de la manera más indiferente que le fue posible.

–Porque quería estar contigo –era la verdad, pero no toda…

Joel se enderezó y, tomándole la mano, le besó la palma.

–Es una buena respuesta. Partamos de ahí y veremos adónde nos lleva, ¿no?

Ella asintió levemente con la cabeza y él acercó sus labios a los de ella.

–¿Qué te apetece comer? Y no me digas que no tienes hambre.

–No me atrevería.

–Dime qué quieres –dijo él, riéndose.

–Un poco de marisco y ensalada, por favor.

Cuando ambos tuvieron delante un plato de salmón, gambas, langosta y un vaso de vino blanco, Bethany le recordó algo a Joel.

–Dijiste que me explicarías qué ocurrió.

Joel bebió un sorbo de vino antes de comenzar a hablar.

–Me desperté muy temprano y apenas había luz cuando salí a buscar mi coche. Tú estabas profundamente dormida y…

–¿Por qué no me despertaste?

–Tenía intención de regresar, pero cuando salí me enteré de que había una emergencia. El equipo de rescate de montaña tenía que ir a rescatar a un escalador que se había caído por un barranco la noche anterior por culpa de la niebla. Pero no tenían suficientes efectivos; dos de sus miembros estaban de baja con gripe y el conserje, que a veces va con ellos, apenas podía moverse por el reuma.

Joel prosiguió explicándose.

—Como yo conozco esos páramos como la palma de mi mano y ya había acompañado al equipo de rescate en otras ocasiones, acepté ir con ellos.

Se echó para delante y le acarició la mejilla a Bethany afectuosamente.

—Habría vuelto para avisarte, pero no se podía perder tiempo. En aquellas condiciones, cualquier retraso habría sido crucial. Le pedí al conserje que te dijera lo que había ocurrido y que si te podías quedar en el Dundale Inn yo intentaría ir a verte allí a la hora de comer. Supongo que no te lo dijo.

—No… no lo vi.

—El escalador estaba gravemente herido y tardamos mucho en rescatarlo, así que cuando llegué al Dundale Inn ya eran casi las tres. Entonces pregunté por la señora Seaton.

Joel sonrió pícaramente y continuó hablando.

—Está de más decir que no había ninguna señorita Seaton allí registrada, sólo el señor y la señora Feldon. Supuse que era por eso por lo que no me habías esperado.

Ella agitó la cabeza levemente.

—Dime una cosa; si el conserje te hubiese dado mi mensaje, ¿habrías esperado?

—Sí —contestó ella sin dudar.

—¿Te satisface saber que no soy tan mala persona como para dejarte abandonada?

—Sí. Lo siento.

Terminaron de comer en silencio. Parecía que cada uno estaba inmerso en sus pensamientos.

Henri había retirado el carrito y había servido café antes de que Joel rompiera el silencio.

—¿Desde hace cuánto conoces a Michael?

—Desde hace más o menos tres meses.

—¿Cuántas veces has ido a Lanervic Square?

—Ayer por la noche fue la primera vez.

—¿No te había llevado antes?

—No. ¿Por qué debería haberlo hecho? —preguntó al ver la expresión de la cara de Joel—. ¿Crees que hemos estado yendo a la casa de su abuela para estar juntos?

—Pensé que como los dos tenéis compañeros de piso, hubiese sido... ¿podríamos decir... conveniente?

—Ya te he dicho que nunca me he acostado con Michael.

—Entonces, si no pretendías pasar la noche allí, ¿para qué fuiste?

—Él quería que yo... —al ver la voraz expresión que apareció en la cara de Joel, dejó de hablar ya que una duda se apoderó de su mente.

Por alguna razón, haberse encontrado con su hermanastro en Lanervic Square había disgustado a Michael casi tanto como a ella. Se había quedado pálido. Pero si la casa era suya, tendría todo el derecho de ir allí y llevar a quien quisiera. A no ser que no fuese realmente suya...

—¿Qué estabas diciendo? —provocó Joel.

Bethany, que no quería decirle la verdadera razón por la que habían ido allí ya que tal vez le creara problemas a Michael, se ciñó a la historia que éste había contado.

–Quería que yo viera dónde vivía.

Por un momento, Joel la miró con el enfado reflejado en la cara.

–Sí, si recuerdo bien, eso fue lo que dijo él –dijo con serenidad.

–Ahora la casa es sólo suya, ¿no? –dijo ella, levantándose.

–Así es…

Bethany suspiró aliviada. Por un momento había pensado que Michael le había mentido.

–Y él tiene muchas ganas de venderla –continuó diciendo Joel–. Pero, debido a las cláusulas del testamento, no puede hacer nada en dos años… Aparte de vivir en ella, por supuesto. Y no quiere hacerlo.

–Sí, me lo dijo –dijo ella cuidadosamente–. Parece que dos años es bastante tiempo para esperar.

–Michael siempre ha tenido afición por la buena vida… vino, mujeres y predilección por el juego… lo que le convierte en una presa fácil para la gente sin escrúpulos. Nuestra abuela sabía que él necesitaba protección, así que me dejó con el control hasta que él cumpliera veinticinco años, con la esperanza de que él adquiriera para ese entonces un poco de sentido común y no lo echara todo a perder.

Capítulo 5

TRAS UNOS segundos, y como Bethany no hacía ningún comentario, Joel cambió de táctica.

—¿Dónde os conocisteis Michael y tú?

—Él entró en la tienda un día por la tarde —admitió ella sin reservas.

Pero entonces se percató de la mueca que esbozó Joel y se preguntó si al igual que Michael no podía vender la casa hasta que no tuviera veinticinco años, no ocurriría lo mismo con los objetos.

—¿Para qué fue a la tienda? —preguntó Joel en un tono informal.

—Me imagino que sería para curiosear —mintió ella.

—No sabía que estaba interesado en las antigüedades —observó él.

—No creo que lo esté —admitió Bethany.

—Entonces… ¿por qué iría a entrar en una tienda de antigüedades?

—A veces hay gente que no sabe nada de antigüedades y entra para comprar una pieza de plata o porcelana para, por ejemplo, un regalo de bodas.

—Ya veo. ¿Qué pasó cuando él entró?

—Comen… comenzamos a hablar —Bethany se sintió un poco frustrada.

—¿Y de qué hablasteis?

—Realmente no me acuerdo —contestó ella, que se

sintió como si la estuviera sometiendo a un tercer grado.

—¿Quizá fue entonces cuando te dijo que había heredado la casa de su abuela?

—Tal vez —admitió ella.

—¿No me mencionó a mí?

—No. Yo ni siquiera sabía que tenía un hermanastro hasta la otra noche. Deduzco que no os lleváis muy bien, ¿no es así?

—No, desafortunadamente no…

Bethany se dio cuenta al observar la expresión que estaba esbozando Joel de que se preocupaba por su hermanastro y que le molestaba no tener más relación con él.

—He hecho todo lo que me ha sido posible para proteger sus intereses pero, como te puedes imaginar, él está muy resentido porque yo tengo el control… Lo que pone las cosas difíciles sin añadir la otra complicación.

Bethany sabía que ella era «la otra complicación» a la que se refería Joel.

—En vez de complicar aún más las cosas, yo podría salir de la vida de ambos y asegurarme de no veros a ninguno de los dos nunca más…

Justo en ese instante llamaron a la puerta.

—Adelante —dijo Joel, frunciendo levemente el ceño.

El auxiliar de vuelo abrió la puerta.

—Sí, Henri, ¿qué ocurre?

—El capitán Ross le manda sus disculpas, pero pregunta si podría revisar la carta de navegación que usted le entregó antes. Parece ser que tiene una duda.

—Sólo tardaré un minuto —le dijo Joel a Bethany, levantándose y dirigiéndose hacia la cabina.

Henri tomó en una bandeja las tazas de café vacías y comenzó a seguirlo, pero entonces tropezó con la cartera de Joel, que estaba sobre el escritorio, y se le cayó la bandeja al suelo.

El auxiliar de vuelo se disculpó murmurando y fue a poner la bandeja de nuevo en la mesa.

—Está bien, Henri, yo lo limpiaré —dijo Bethany.

—Gracias, señora.

Agachándose, Bethany tomó la cartera y comenzó a arreglar los papeles que se habían desperdigado. Al hacerlo, sus dedos tocaron algo metálico.

Se le aceleró el corazón al ver una pulsera de oro con piedras rojas.

Incapaz de moverse, todavía estaba mirando la pulsera cuando la puerta se abrió y Joel regresó.

Entonces se dio cuenta de lo que estaba mirando ella.

—Ah, la has encontrado —dijo, acercándose a ella y tomándola por el brazo para que se levantara.

Sintiéndose culpable sin ninguna razón, ella se explicó, incómoda.

—Tu cartera se cayó al suelo y yo simplemente estaba…

—Sí, me lo ha dicho Henri —dijo él sin alterarse.

Entonces tomó la pulsera y se la puso en la muñeca a Bethany.

—Pensaba que me la había dejado en The Dunbeck. Traté de telefonear al conserje, pero no obtuve respuesta —entonces lo miró desconcertada—. No entiendo cómo llegó a tu cartera.

—La traje con la intención de devolvértela.

—Pero… ¿dónde la encontraste? —preguntó ella.

—Te la dejaste en el cuarto de baño y en un impulso la agarré —dijo él, encogiéndose de hombros.

—¿Por qué la guardaste?

Durante un segundo Joel pareció desconcertado.

—Podría decir que estaba salvaguardando mis intereses. Si no me esperabas en el Dundale Inn, por lo menos tendría una excusa para verte otra vez.

Aquello llenó de alegría a Bethany. Él había querido, había *deseado* volver a verla. Pero incluso al verse invadida por la calidez, una parte de su cerebro insistía en que aquella explicación no era lógica. Había algo que no encajaba.

—Pero, volviendo a lo que estábamos hablando antes de que llegara Henri... acababas de ofrecerme salir de la vida de ambos, de la de Michael y de la mía... ¿Estarías dispuesta a hacerlo?

Bethany dudó. Pensar en no volver a ver a Joel le hacía sentirse como si estuviese herida de muerte.

—Sí, si eso es lo que tú quieres —dijo ella, levantando la barbilla.

—No lo es —dijo él, analizándola con la mirada—. Quiero tenerte en mi cama, en mi vida. De hecho, no puedo dejarte marchar, ni siquiera incluso en interés de Michael.

A ella se le hinchó el corazón ante aquello.

—Hablando de camas, ¿y si le pido a Henri que cambie las sábanas?

—Oh, no... por favor, no.

—¿Significa eso que sigues sin querer acostarte conmigo?

—No, significa que ahora me gustan las sábanas negras de seda.

—Me encantan las mujeres que son capaces de cambiar de opinión. Le voy a decir a Henri que nos vamos a acostar durante un par de horas y que no queremos ser molestados.

—Oh, ¿pero qué va a pensar? —Bethany se giró tímidamente.

—No pensará nada y, si lo hace, es francés y un hombre de mundo.

Entonces se dio cuenta de que parecía que ella seguía incómoda.

—No te preocupes, me encargaré de que no te clasifique como una mujer fácil —dijo con un poco de burla.

Ella se quedó en silencio y observó cómo él se marchaba para hablar con Henri.

Unos minutos después regresó con una botella de champán y dos copas.

—Parece que Henri piensa que el champán nos vendrá bien y no quería decepcionarle.

Abrió la botella y sirvió las copas, pasándole una a ella.

—Por nosotros —entonces bromeó—. Para unirnos al «Club de la Milla Alta»

—¿El «Club de la Milla Alta»? —Bethany parecía perpleja.

—Unas pocas personas que son capaces de hacer el amor a más de una milla sobre la superficie de la tierra.

—Oh… ya veo… —dijo ella, ruborizándose.

Tímida, miró hacia su copa, observando las burbujas antes de beber.

Cuando terminaron de beberse el champán, él la tomó de la mano y la llevó hasta la habitación.

Bajó las persianas y le quitó las horquillas del pelo a Bethany, haciendo que su sedosa mata de pelo oscuro cayera sobre sus hombros. Entonces hundió su cara en él y respiró su perfume, acariciándole al mismo tiempo sus delicadas curvas.

Cuando comenzó a desnudarla lo hizo despacio y

de manera erótica, acariciándole cada parte de su cuerpo hasta que estuvo desnuda y ardiente, preparada para él.

Murmurando lo encantadora que era ella y cuánto la deseaba, la tomó por las caderas y la tumbó en la cama. Entonces le acarició la parte interior de los muslos, excitándola aún más, haciendo que su respiración se agitara.

La llevó al límite y entonces dejó de acariciarla. Ella se tuvo que contener para no suplicarle.

Todavía tenía el estómago en tensión cuando él le puso la mano por debajo de las nalgas y, levantándola, bajó la cabeza. Al sentir la lengua de Joel, ella experimentó una explosión de sensaciones.

Cuando ella alcanzó una estrella del firmamento de placer, él, delicadamente, le colocó la cabeza en la almohada y, antes de retirarse, la puso en una posición más cómoda.

Al recuperar el aliento y abrir los ojos, vio que él estaba desnudándose. Tenía un cuerpo magnífico, la piel levemente bronceada y sin un gramo de grasa.

Cuando se quitó los calzoncillos, aunque Bethany había pensado que estaba más que satisfecha, sintió cómo le daba un vuelco el estómago.

Al ver que ella estaba mirándolo, Joel sonrió. Era un amante apasionado, pero aun así hacía el amor con un cuidado y sensibilidad que demostraban que anteponía los intereses de su pareja a los suyos.

Después, saciada y contenta, se quedó dormida durante un tiempo en sus brazos. Joel la despertó con un beso y volvió a hacerle el amor, con un fervor incesante…

* * *

Cuando se despertó por segunda vez, estaba sola en la cama. Al mirar su reloj se percató de que debían estar llegando a su destino.

Tomando su ropa se dirigió al cuarto de baño. Se duchó y se vistió, tras lo cual se miró en el espejo; tenía color en las mejillas y sus ojos reflejaban alegría. Satisfecha de no seguir pareciendo un fantasma y de no necesitar maquillaje, salió al salón.

Joel no estaba allí y se estaba preguntando si ir a buscarlo cuando llamaron a la puerta y Henri entró con una bandeja de delicada porcelana.

Bethany sintió cómo se ruborizaba. Entonces el hombre, con la mirada bajada respetuosamente, se dirigió a ella.

—El señor McAlister me ha pedido que le informe de que aterrizaremos en poco más de media hora. Ahora mismo está con el capitán Ross, pero en poco tiempo se reunirá con usted. Pensó que mientras tanto le gustaría tomar una taza de té.

—Gracias, sí que me apetece.

Henri dejó la bandeja en la mesa.

—¿La señora prefiere leche o limón?

—Leche, por favor.

—¿Le apetece comer algo? —preguntó el auxiliar de vuelo una vez le hubo servido el té.

—Oh, no, gracias. Con el té es suficiente.

Henri hizo una leve reverencia antes de marcharse. Un poco aturdida, Bethany se quedó mirándolo. Al poco rato apareció Joel, que se acercó y le dio un beso. Entonces ella se ruborizó.

—Hoy en día es raro ver a una mujer ruborizarse.

—Creo que vamos a aterrizar pronto —dijo ella, tratando de evitar que él se diera cuenta del efecto que tenía sobre ella.

–Así es. Y otra cosa, ¿no te quejarás del comportamiento de Henri?

–De hecho ha sido tan amable que no puedo dejar de preguntarme qué le has dicho sobre mí.

–He dejado claro que eres especial, no simplemente una aventura –Joel sonrió.

–¿Por qué le has dicho eso?

–Tenías miedo de que te encasillara como una mujer fácil, así que parecía la mejor manera de asegurarse de que te respetara… Por cierto, he hablado con mi ama de llaves hace poco rato y, como compartiremos habitación, le he dicho lo mismo.

Joel habló de manera informal, pero con un tono autoritario que hizo que a Bethany le diera un vuelco el estómago.

–Ahora, como vamos a aterrizar en pocos minutos, sugiero que nos pongamos los cinturones de seguridad.

Aterrizaron sin complicaciones y, una vez cumplimentaron todas las formalidades, se dirigieron a una limusina que les estaba esperando.

–Buenas tardes, señor, señora. Encantado de tenerle de vuelta. ¿Han tenido un buen vuelo?

–Muy bueno, gracias, Tom. ¿Hay mucho tráfico?

–Mucho, como siempre, señor McAlister, pero podría ser peor. No tardaremos mucho en llegar.

–Eso está bien.

Una vez que Joel hubo abrochado los cinturones de seguridad de ambos y emprendieron camino a Manhattan, Bethany se dirigió a él.

–No me has dicho dónde vives.

–Vivo en una antigua casa de piedra rojiza en Mulberry Street, en el Lower Manhattan.

–Oh... –Bethany se quedó sorprendida.

–¿Qué esperabas? ¿Un ático con vistas al Central Park?

Algo parecido era lo que ella había estado esperando. Cuando se lo reconoció, él sonrió.

–No estés tan avergonzada. Mucha de la gente que no me conoce bien comete ese mismo error. Y, de hecho, sí que tuve un ático en la Quinta Avenida durante un tiempo. Pero cuando murió mi madre me mudé a Mulberry Street, donde había vivido ella.

–¿Te gusta vivir allí?

–Sí. Cuando la compré estaba en muy mal estado, pero tras reformarla es agradable vivir allí...

Entonces, en la misma onda que ella, cosa que ocurría frecuentemente, observó con sequedad.

–Veo que te estás preguntando que por qué no compré una casa que no necesitara de reformas. Desde luego que podía haberlo hecho. Pero mi madre quería una a la que se le pudiese devolver su carácter original, así que este sitio era ideal.

–¿Le gustó el resultado a tu madre? –Bethany le sonrió con adoración.

–Oh, sí, le encantó. Justo antes de morir me dijo que los dos años que había pasado viviendo en la casa habían sido los más felices de su vida...

A pesar del tráfico, en poco tiempo divisaron Manhattan y Bethany, como siempre, se quedó embelesada.

–¿Contenta de regresar? –preguntó él al percatarse de la expresión de su cara.

Sintiéndose plena, Bethany asintió con la cabeza. No sabía lo que le depararía el futuro, pero en aquel momento estaba en Nueva York con el hombre que amaba. Era maravilloso.

Cuando llegaron a Mulberry Street estaba comenzando a anochecer.

Mientras el chófer sacaba las maletas, Joel ayudó a Bethany a salir del coche y la guió hacia la puerta, donde les recibió una mujer de mediana edad.

—Bienvenidos a casa. Me alegra que esté de vuelta, señor McAlister. ¿Han tenido un buen viaje?

—Fantástico —aseguró Joel, guiñándole el ojo a Bethany y tomándola de la mano—. Bethany, cariño, ésta es la señora Brannigan, la esposa de Tom y un ama de llaves *excelente*.

—Encantada de conocerla, señorita Seaton —dijo la señora Brannigan, sonriendo a ambos.

Aunque a Bethany le había impresionado que él la hubiese llamado *cariño*, logró sonreír.

—¿Desean cenar? —preguntó el ama de llaves.

—No, gracias, Molly. Pensé que podíamos salir a cenar fuera —contestó Joel.

—¿Tal vez una taza de té?

—Sería estupendo.

Una vez el ama de llaves se hubo llevado sus abrigos, Joel le puso una mano a Bethany en la cintura.

—Mientras esperamos, déjame que te enseñe la casa rápidamente para que te sientas a gusto… Molly y Tom viven en la planta de abajo y la cocina está en la parte trasera. Éste es el salón y ahí está mi despacho… ¿Qué te parece?

—Es absolutamente maravillosa —Bethany estaba impresionada por la belleza de la decoración.

—Me alegra que te guste —dijo él, sonriendo.

Cuando se sentaron en el sofá, llamaron a la puerta y el ama de llaves entró con el té.

—Tengo algo que decirle, señor McAlister. ¿Puedo hacerlo ahora?

—Desde luego, Molly. Dime.

—La señorita Lampton ha vuelto a telefonear esta mañana preguntando cuándo volvería usted.

—¿Se lo has dicho?

—Sí... traté de no hacerlo, pero estuvo muy persistente. Espero haber hecho lo correcto.

—Está bien. No te preocupes —dijo Joel, echándose para atrás.

Aliviada, el ama de llaves se marchó, cerrando la puerta tras de sí.

—¿Cómo llevas el desfase horario? —preguntó Joel, sirviendo y acercándole una taza de té.

—Bien. Por norma general, cuando vengo a los Estados Unidos trato de mantenerme despierta hasta que es hora de irse a la cama y encuentro que normalmente funciona bien.

—Bien. ¿Te apetece ir al Trocadero esta noche?

Aquello le recordó a Bethany lo rico que era él; el Trocadero era el mejor club nocturno de la Quinta Avenida. Pensó que desearía que no tuviera tanto dinero.

—Estás muy seria —Joel la sacó de sus pensamientos—. Si no te apetece ir allí, podemos...

—Oh, sí que me apetece —interrumpió ella—. Pero no tengo nada que ponerme.

—¿Y el vestido de fiesta negro que te vi meter en la maleta? Ése podía...

Joel dejó de hablar al abrirse la puerta de repente. Una chica delgada y alta, que tendría alrededor de veinte años, entró en el salón.

—¡Joel, cariño! Por fin has vuelto. ¡No te imaginas lo que te he echado de menos! —exclamó ella.

Aquella mujer hablaba con un acento muy exquisito y estaba rodeada de un aire de riqueza.

Entonces se acercó a Joel y lo abrazó por el cuello, besándolo en los labios.

Paralizada, a Bethany no le quedó ninguna duda de que eran amantes. Tras unos segundos, Joel se deshizo del abrazo de ella.

—¿Cómo estás, Tara? —preguntó fríamente—. Tienes muy buen aspecto.

La chica, pelirroja y con unos enormes ojos azules, parecía sacada de una pintura al óleo.

Por primera vez en su vida, Bethany envidió a otra mujer; no sólo por su aspecto físico, sino por el puesto que tenía en la vida de Joel.

Sin duda, aquél era el tipo de mujer que él elegiría para casarse.

—¿Está Michael contigo? —preguntó Tara.

—No —respondió Joel casi de manera cortante.

—¿Por qué no me dijiste que ibas a regresar? Te hubiera ido a recibir al aeropuerto —dijo ella, aliviada—. Oh, cariño, hace tanto que no te veo. Había empezado a pensar que no volverías nunca…

—No he oído el timbre de la puerta —la interrumpió Joel.

—Todavía tengo mi llave —dijo ella, enseñándosela.

Entonces él se la quitó de las manos, metiéndosela en su bolsillo.

—Todavía estás disgustado conmigo, ¿no es así? —dijo ella, haciendo un mohín.

—Para nada —contestó él fríamente.

—¿Entonces por qué estás siendo tan desagradable? Ya te dije que no fue mi intención. Simplemente fue divertido. Estábamos en la misma fiesta, él me trajo de vuelta a casa y yo…

—Tal vez te deberías guardar las explicaciones para cuando estemos solos.

Bethany se había levantado y se dirigía hacia la puerta cuando Joel la detuvo.

–Por favor, no te vayas.

Tara miró a Bethany como si no la hubiese visto antes. Entonces, ignorándola, como si fuera de poca importancia, se dio la vuelta hacia Joel, acariciándole la barbilla.

–¿Por qué no me llevas esta noche al Trocadero y yo…?

–Ya tengo planes para esta noche –cortó él.

–¿No puedes cambiarlos? –dijo ella, haciendo un mohín.

–No.

–Entonces mañana… Es la fiesta de Lisa y me ha dicho que les has prometido a ella y a su padre que asistirías. Brian iba a venir conmigo, pero le puedo poner alguna excusa. Si pasas a buscarme a las siete…

–Me temo que no voy a poder.

–¿Por qué no? –preguntó ella, que estaba comenzado a enfadarse y sentirse frustrada.

–Porque iré con mi invitada…

Tara miró a Bethany.

–Ahora, como no os conocéis, permitidme que os presente…

Mientras Bethany estaba allí de pie como atontada, él se acercó para tomarle la mano y presentársela a Tara.

–Cariño, ésta es Tara Lampton… Tara, ésta es Bethany Seaton.

Bethany sospechó que Joel estaba haciendo aquello para poner celosa a la otra mujer.

–¿Cómo estás? –dijo.

Entonces Tara, dirigiéndole una mirada matadora, se dio la vuelta y se marchó.

Joel llevó a Bethany de nuevo al sofá y ambos se sentaron.

—Siento que Tara haya sido tan grosera contigo. Siempre ha sido una niña mimada.

—Estabas tratando de ponerla celosa.

—¿Oh? ¿Qué te hace decir eso? —preguntó él, levantando una ceja.

—Me has llamado «cariño».

—Si recuerdas, también te lo llamé antes y te puedo asegurar que no estaba tratando de poner celosa a mi ama de llaves.

Bethany sabía que él se estaba burlando de ella, así que mantuvo silencio.

—Ahora, ¿dónde estábamos? Ah, sí, el Trocadero. Si no estás a gusto llevando el traje que has traído, puedo telefonear a Joshua Dellon y hacer que mande unos cuantos vestidos…

—¡Oh, no!

—No tienes que ponerte así. Ya he comprado antes vestidos de mujeres.

—Gracias, pero prefiero comprarme yo la ropa y, como de ninguna manera me podría permitir un traje de diseño de Joshua Dellon, me arreglaré con lo que tengo. Si todavía quieres llevarme.

—¿Por qué no querría llevarte?

—Tu novia no parecía muy contenta —Bethany apenas podía mirarlo a los ojos.

—Mi ex novia —corrigió él—. Terminamos hace semanas, antes de que yo me fuera a Londres.

—Pues no parecía que ella pensara lo mismo.

—Incluso si ya no quiere más a un hombre, Tara no puede soportar perderlo.

—Me ha dado la impresión de que ella sí que te quiere, de que todavía está enamorada de ti.

—¿Estás celosa? —preguntó él, levantándole la barbilla a Bethany con un dedo.

—Desde luego que no —negó ella enérgicamente.

—¿Así que no *estás* enamorada de mí?

Bethany se quedó mirándolo en silencio; no se esperaba aquella pregunta.

—¿Entonces…? —presionó él.

—Si te dijera que lo estoy, ¿me creerías?

—¿Esperarías que lo hiciera?

—No —admitió ella.

—¿Así que *no* estás enamorada de mí? —repitió él,
sonriendo.

—No —dijo ella, respirando profundamente.

—Bueno, por lo menos eres más sincera que Tara,
que juró que me amaba locamente. Aunque yo sospecho que lo que realmente quería era mi dinero y el es-
tilo de vida que yo puedo ofrecer.

—Pero parece que ella ya tiene todo eso —dijo
Bethany, recordando el aire de riqueza de Tara.

—Siempre ha sido una privilegiada. Su padre es un
barón inglés relativamente rico, pero el año pasado,
tras la muerte de su primera mujer, se volvió a casar.
Tara y su madrastra no se llevan muy bien. E, incluso
si lo hicieran, como ambas gastan cantidades exorbi-
tantes de dinero, es dudoso que el señor William
pueda mantenerlas a las dos.

Joel continuó hablando.

—Así que ya ves, Tara tiene que encontrar a un
hombre rico y que la adore para que se convierta en
su marido y así salir de su casa. Y parece que pensó
que podía ser yo…

Capítulo 6

PERO TÚ no quieres casarte con ella –Bethany aguantó la respiración.

–No, yo no –dijo Joel rotundamente.

–¿No pretendes casarte?

–Oh, sí, claro que quiero. Y no dentro de mucho. Pero no con Tara. Es muy guapa y no me cabe la menor duda de que se convertirá en una esposa glamurosa y estimulante. Pero desafortunadamente no será fiel.

–¿Y la fidelidad es muy importante para ti?

–Sí –respondió él, inflexible–. Con toda esta libertad sexual que hay ahora tal vez parezca un concepto anticuado, pero cuando me case quiero tener una esposa a la que respetar y en la que se pueda confiar. No quiero una a la que tenga que estar continuamente vigilando y preguntándome con quién se estará acostando...

Bethany se preguntó si aquello se aplicaba a él también.

–Yo sólo necesito una mujer en mi vida y cuando esté seguro de que he encontrado a la mujer perfecta para mí, le seré fiel.

Ella pensó que nunca llegaría a ser esa mujer; para él simplemente era una aventura pasajera.

–Si vamos a ir al Trocadero, será mejor que nos vayamos preparando. Se está haciendo tarde y ya sabes cómo es el tráfico en Nueva York... –dijo él, acariciándole la mejilla.

Cuando subieron juntos las escaleras, él la miró de reojo.

–De todas maneras, si te apetece, podemos tener tiempo para darnos juntos una ducha.

A Bethany se le aceleró el pulso al pensarlo, pero decidió no comprometerse más hasta no aclarar su mente y negó con la cabeza.

Él la miró y, como sabiendo por qué se negaba, no trató de convencerla.

–Oh, bueno, supongo que no hará ningún mal reservar un poco de excitación para más tarde.

El dormitorio de Joel era impresionante. Nada más entrar, él se dirigió al cuarto de baño y ella comenzó a deshacer la pequeña maleta que había llevado. Guardó sus cosas en el armario más cercano y se dirigió al otro cuarto de baño anexo al dormitorio.

Quince minutos después se peinó y se vistió con su vestido negro de fiesta, se puso la pulsera y regresó al dormitorio. Joel no estaba allí y no se oía ruido en el cuarto de baño.

Decidió que por lo menos aquella noche dejaría todas sus preocupaciones a un lado y simplemente disfrutaría de estar con Joel.

Bajó a la planta de abajo pensando en las explicaciones que él le había dado acerca de la pulsera y de por qué se la había llevado. Había dicho que había sido por si ella no le esperaba en el Dundale Inn así poder tener una excusa para volver a verla. Pero en realidad, cuando él había tomado la pulsera, no podía haber sabido que quizá iba a necesitar una excusa para volver a verla. No había sabido que iba a haber tenido que acompañar al equipo de rescate. Se preguntó por qué le habría mentido.

Cuando se aproximaba al salón, oyó la voz de Joel y se preguntó si tendría otra visita o si Tara habría vuelto para intentarlo de nuevo. Pero tras unos segundos se dio cuenta de que estaba hablando por teléfono.

–Es extremadamente importante... –estaba diciendo–. Necesito el documento preparado para ser firmado mañana por la tarde... Sí... sí... Exactamente como he establecido...

Al percatarse de que era una llamada telefónica importante, Bethany no quiso interrumpir.

–Bueno, por el momento, yo soy la mejor apuesta. Sí, sí... si hay alguna manera en la que yo lo pueda hacer funcionar, estoy preparado para hacerlo...

Mientras esperaba a que la conversación telefónica terminara, Bethany observó al ama de llaves acercarse y, como no quería que la viera allí, detrás de la puerta, abrió y entró.

Joel estaba cerca de la ventana, increíblemente guapo y elegantemente vestido. Al verla sonrió.

–Gracias, Paul. Te veo mañana por la tarde.

Al colgar el teléfono se acercó a Bethany y le tomó las manos, mirándola de arriba abajo.

–¿Voy bien vestida? –preguntó ella, que de repente no estuvo segura de su aspecto.

–Estás estupenda.

Ella sabía que él estaba exagerando, pero no cabía duda de que estaba contento con su aspecto.

–Pero si te pusieras unos pendientes y una gargantilla estarías todavía mejor –añadió él.

–Me temo que sólo he traído conmigo mis perlas y realmente no pegan con la pulsera –entonces añadió de manera incómoda–. Joel, acerca de la pulsera...

—¿Qué pasa con la pulsera? —preguntó él sin alterarse.

—Dijiste que la habías tomado por si yo no te esperaba en el Dundale Inn y así poder tener una excusa para verme de nuevo…

—Eso fue lo que dije.

—Pero la tomaste antes de saber que necesitarías ninguna excusa.

—Desde luego, tienes razón —dijo él, sonriendo—. ¿Qué te impidió llamarme mentiroso cuando te lo dije?

—Sabía que algo no encajaba, que tus explicaciones no eran lógicas, pero no tuve oportunidad para pensar con claridad. ¿Por qué me dijiste eso? —Bethany estaba herida.

—Porque, en ese momento, no quería decirte la verdad y fue la mejor excusa que se me ocurrió. Una excusa muy mala, lo sé. Por eso fue que cambié de asunto rápidamente… Sobre la gargantilla y los pendientes…

—Todavía no me has dicho por qué me mentiste —señaló ella.

Sin decir nada, Joel se acercó a abrir una bisagra que había detrás de un cuadro en la pared, tras el cual había una caja fuerte.

Marcó el código de seguridad y abrió la caja, sacando un joyero azul. Entonces sacó una gargantilla y unos pendientes de oro y piedras rojas.

—Porque quería que éstos fueran una sorpresa.

—Parece que van a juego —dijo ella, comparándolos con su pulsera.

—Eso fue lo que pensé yo cuando vi la pulsera por primera vez, hasta que me di cuenta de que las piedras en los pendientes y en la gargantilla son rubíes.

Cuando me dijiste que las de la pulsera eran granates, comencé a tener dudas. Quería ver las tres piezas juntas antes de decir nada...

Entonces dejó las joyas sobre la mesa.

—Acércate a mirarlas de cerca.

Excitada, Bethany las examinó.

—¿Qué piensas? —preguntó él—. ¿Forman un conjunto?

—Parece que sí.

—¿Cómo me dijiste que conseguiste la pulsera?

Ella deseaba poder decirle la verdad, pero estaba temerosa de sacar a Michael a relucir.

—Alguien la llevó a la tienda.

—¿Quién?

—Tony se encargó de atenderlo.

—Pero Feldon no quiso la pulsera y fue así como te la quedaste tú.

—Sí.

—¿Y no recuerdas nada acerca del vendedor?

Bethany odiaba mentir, incluso tácitamente, pero negó con la cabeza.

—¿Era un hombre o una mujer?

—Un hombre.

—¿Feldon Antiques no pide los datos de sus vendedores ni certificados de propiedad?

—Depende —respondió con cuidado.

—¿De qué?

—De lo valioso que sea el objeto. O de si conocemos al vendedor.

—¿Y en este caso?

—La pulsera por sí sola no era tan valiosa.

—Ya veo.

Tras un momento, la dureza que reflejaba la cara Joel desapareció.

–Bueno, ahora tienes el conjunto completo. Veamos cómo queda.

Entonces se dirigió a ponerle la gargantilla.

–Pero la gargantilla y los pendientes no son... –comenzó a decir ella.

–Quiero que los lleves –dijo él, que al ver que ella iba a protestar, continuó hablando–. Póntelos ahora para satisfacerme y ya hablaremos después...

Le dio un beso en la nuca, haciendo que ella se estremeciera.

–Tom estará esperando afuera con el coche y no sé tú, pero yo estoy empezando a tener hambre.

Respondiendo, Bethany se puso los pendientes.

–Deja que te mire –dijo Joel, apartándose un poco–. Son el acabado perfecto. Ahora estás fantástica –dijo, sonriendo.

Entonces la ayudó a ponerse su abrigo de piel sintética y ella recordó el abrigo de piel de visón de Tara.

–¿Te gustaría un abrigo de visón?

–Nunca me han gustado los abrigos de pieles de verdad –dijo, percatándose de la sorpresa de él.

–Casi todas las mujeres que conozco matarían por tener uno.

–¿Y a ti te parece bien?

–Para nada –dijo él con calma–. Siempre he considerado que las pieles verdaderas les quedan mejor a los animales.

Joel se puso su abrigo y salieron hacia la limusina.

La noche era fría y el cielo estaba despejado. Cuando se montaron en el vehículo, Joel se acercó a abrocharle el cinturón de seguridad y le rozó suavemente la mejilla con sus labios.

Ella sintió como si su corazón no le cupiera en el pecho.

Una vez el chófer arrancó y comenzó a circular, pensó que Nueva York era aún más excitante con Joel a su lado.

–Parece que te gusta Nueva York tanto como a mí.

–Me enamoré de esta ciudad a primera vista –admitió ella.

–Lo mismo me ocurrió a mí.

–Dime cómo es vivir aquí –pidió ella, deseosa de saber más cosas de él.

Entonces, mientras circulaban por Uptown, él le contó todos esos pequeños detalles que hacían de aquella ciudad un lugar maravilloso para vivir. Ella lo escuchó, embelesada.

–Aquí estamos –dijo Joel.

Desde afuera, el Trocadero parecía un local normal. Había un portero esperando para abrir la puerta. Pero cuando entraron, un hombre impecablemente vestido se acercó a ellos.

–Buenas noches, señor McAlister. Señora.

Tomaron sus abrigos y los guiaron a un espectacular comedor con una pista de baile en el centro. Pero entonces oyeron una voz de mujer.

–¡Joel, cariño! ¡Qué casualidad!

Con el corazón en un puño, Bethany se dio la vuelta y vio a Tara, que estaba impresionante con un vestido verde esmeralda. Iba acompañada de un joven de aspecto afeminado y de una pareja de mayor edad que ellos. Tomó a Joel por el brazo.

–Nos acompañarás, ¿verdad que sí…? Tiene que acompañarnos, ¿verdad, papi? –dijo Tara, dirigiéndose al señor que iba con ellos.

–Por favor –dijo el hombre cortésmente.

–Gracias –comenzó a decir Joel educadamente–. Pero como ven, estoy con…

—Desde luego que tu amiguita también puede venir —interrumpió Tara.

Ignorándola, Joel se dirigió al padre de ella, que parecía muy a disgusto.

—Es muy amable por su parte invitarnos, señor —dijo—. Pero habíamos planeado una cena romántica.

Entonces, dándose la vuelta hacia Bethany, les presentó.

—Permíteme que te presente al señor William Lampton... señor William, mi novia, Bethany Seaton.

Aunque sabía que Joel simplemente estaba actuando ante Tara, Bethany se sintió como si le hubiesen dado una patada en el pecho.

—¿Cómo está usted? —logró decir.

—Señorita Seaton, encantado de conocerla —tomando la mano que le tendía ella, el señor William continuó hablando—. Si me permite que se lo diga, es usted preciosa... Le presento a mi esposa, Eleanor... y al amigo de mi hija, Carl Spencer...

—Bueno, si nos disculpan, espero que disfruten de la noche —dijo Joel cuando hubieron terminado con las presentaciones.

Tomó a Bethany por la cintura y siguieron al camarero, que había estado esperando a cierta distancia, hasta su mesa. Ésta estaba al lado de la pista de baile y en ella les esperaba una botella de champán.

Les tomaron nota y se quedaron por fin solos. Entonces Joel levantó su copa.

—Por la mujer más guapa del local.

—Me temo que comparada con otras mujeres soy muy insulsa —dijo ella, ruborizada.

—Si te refieres a Tara, en mi opinión no es así —discutió él—. Tara es muy guapa, pero tú tienes una belleza discreta que se mete por debajo de la piel a los hombres, una luminosidad, una calidad que te eleva a una clase diferente.

—Pero Tara es...

—Tara es terca e hiriente —dijo él sin apasionamiento.

—Desearía que no *me* utilizaras para vengarte de ella —dijo Bethany en voz baja.

—¿Crees que eso es lo que estaba haciendo?

—¿No es así? —preguntó ella, mirando hacia abajo.

—No.

—Oh, ya veo... Estabas tratando de salvaguardar mi orgullo. Supongo que te debería estar agradecida, pero...

—No estaba haciendo nada de eso y no hay necesidad de que estés agradecida por nada.

—¿Entonces por qué mentiste al señor William? —preguntó Bethany tras un momento.

—¿Tengo yo el aspecto de un hombre que mentiría a un barón?

—Le dijiste que yo soy tu novia.

—No creo que eso sea mentir, simplemente adelantarnos un poco.

—¿Adelantarnos? —preguntó ella sin comprender—. No entiendo.

—Es bastante obvio. Si mañana por la mañana vamos a Tiffany's puedes elegir un anillo...

—¿Un anillo? —a Bethany se le comenzó a revolucionar el corazón.

—Un anillo de compromiso ¿No es eso lo que hacen las parejas que pretenden casarse?

—Pero nosotros no estamos planeando casarnos —dijo ella, preguntándose si no sería un broma.

—¿No quieres casarte conmigo? ¿O es que estás enfadada porque no te lo he pedido de manera formal? Si es esto último, lo rectificaré más tarde.

—No es... quiero decir...

—¿No quieres ser mi esposa?

¡Bethany claro que quería ser su esposa!

—Esta idea de casarnos... Es tan repentina... No lo has pensado.

—No es así. He estado pensando en ello casi desde que nos conocimos... Le dije a Henri que eras mi novia y que teníamos pensado casarnos en Nueva York...

Joel prosiguió hablando.

—Molly cree que nos vamos a casar. Si no, nunca hubiese estado de acuerdo en que compartiéramos habitación... Ah, nos traen los primeros platos, así que supongo que será mejor si seguimos hablando de esto mañana y ahora disfrutamos del resto de la noche.

Una vez que les hubieron servido y el camarero se hubo retirado, Joel cambió de asunto.

—¿Cuándo fue la última vez que estuviste en Nueva York?

—Hace un par de meses —contestó, abstraída.

Durante el resto de la velada, Joel mantuvo una conversación apacible.

Cuando terminaron de tomar el café, él la tomó de la mano y la sacó a la pista de baile. La abrazó, poniendo su mejilla sobre su pelo. Estuvieron bailando durante más de una hora y, por lo menos para Bethany, fue un placer.

Ni siquiera las miradas ocasionales que les dirigía Tara mientras bailaba con otros jóvenes lograron estropear lo bien que lo estaba pasando.

—¿Cansada? —preguntó él cuando ya llevaban un buen rato bailando.

—Un poco.

—En Londres ahora mismo es por la mañana, así

que es normal. Marchémonos antes de que comience el espectáculo.

Entonces se dirigieron al vestíbulo, donde les devolvieron los abrigos. Joel la abrazó y la guió hacia la limusina, pero cuando él se montó y se sentó a su lado, ella ya estaba dormida.

Al llegar a la casa, Bethany se medio despertó y, adormilada, entró y subió a la planta de arriba, dirigiéndose al cuarto de baño ayudada por Joel.

–¿Crees que te puedes arreglar sola? –preguntó él, ayudándola a sentarse en una banqueta.

Ella asintió con la cabeza y comenzó a lavarse los dientes…

Había mucha luz cuando se despertó. Estaba sola en la cama y la habitación le era extraña.

Por un momento no supo dónde estaba.

Pero entonces se acordó de todo; estaba en Nueva York, en casa de Joel, en su cama. Pero no recordaba cómo había llegado allí. Estaba desnuda, sólo llevaba puesto la gargantilla, los pendientes y la pulsera.

Lo último que recordaba era haber salido del Trocadero y que Joel la estaba agarrando.

Frunciendo el ceño trató de recordar, pero toda la noche anterior le parecía muy inverosímil. Se preguntó si realmente Joel había hablado sobre casarse con ella o si lo había soñado…

Se sobresaltó cuando, sin previo aviso, la puerta se abrió y Joel entró con una bandeja con té.

–Por fin te has despertado. ¿Cómo te sientes? –preguntó él, sonriéndole.

–Bien, gracias –dijo, incorporándose, alterada por la sonrisa de él.

—Eso está bien —dijo él, mirando sus pechos.

Ruborizándose, Bethany se tapó con el edredón.

—No recuerdo haberme desnudado ni haberme metido en la cama.

Joel se sentó en el borde de la cama para poder servir el té.

—Yo te desnudé y te metí en la cama. Estabas completamente destrozada y muy dormida.

—Oh… —ella se ruborizó aún más.

—¿Te haría sentirte mejor si te dijera que mantuve los ojos cerrados?

—No, no lo haría —contestó ella, enojada.

—Bueno, en ese caso, admitiré que disfruté muchísimo de lo que vi. No te tienes que poner así, ya te había visto desnuda antes.

Aquello era verdad, pero el hecho de que ella no hubiera sido *consciente* lo hacía distinto.

Al observar lo mal que se sentía ella reflejado en su cara, Joel frunció el ceño.

—Antes de que me acuses de ser un mirón o un violador, quiero que sepas que mis intenciones fueron sanas y buenas y, aparte de tumbarte en la cama, no te puse un dedo encima. Créeme, me gusta que las mujeres con las que estoy estén despiertas y cooperen.

—Lo siento. No pretendía sugerir… —dijo ella, arrepentida y disgustada al ver que él se había molestado. Estaba a punto de llorar y bajó la cabeza para esconderlo.

Pero él le puso un dedo por debajo de la barbilla y la levantó. Ella parpadeó y una lágrima le cayó por la mejilla. Él se acercó para secársela con la punta de la lengua.

—No llores, mi amor —dijo, maldiciéndose a sí mismo por haber sido tan bruto—. Es culpa mía. He sido muy grosero. No sé por qué pienso que eres más fuerte de lo que en realidad eres.

La besó delicadamente en los labios y, acercándole una taza, le ordenó suavemente que bebiera.

Ella lo hizo y él la observó, suspirando al mirar su sedoso pelo negro.

—Estás tan preciosa así despeinada, tan sexy... Si no te levantas de la cama pronto quizá me deje llevar por la tentación de volver a estar contigo...

Aquello animó a Bethany, que sin haberse lavado ni peinado se sentía de todo menos deseada.

—Lejos de ser anodina, eres tan exótica como Cleopatra con estos pendientes y esta gargantilla.

—¿Por qué no me los quitaste?

—Siempre me ha gustado la idea de dormir en la misma cama que Cleopatra —dijo él, sonriendo.

—¿Cómo los conseguiste? —preguntó ella cautelosamente.

—Eran de mi madre.

—Oh... —Michael le había dicho que la pulsera había sido de su abuela.

—Mi padre se los dio como regalo de boda.

—¿Le regaló también una pulsera? —preguntó con la voz entrecortada.

—Sí —respondió Joel—. La última vez que vi a mi madre ponerse el conjunto completo fue después de que mi padre y su segunda esposa se mataran en un accidente de tráfico. Se lo puso cuando asistió al funeral en Londres.

Al percatarse de la cara de perplejidad de Bethany, que fruncía el ceño, continuó.

—Mi madre abandonó a mi padre y la casa familiar cuando yo tenía tres años. Regresó a los Estados Unidos.

—Así que tú te criaste en los Estados Unidos.

—No me llevó con ella. Mi madre nunca había querido niños y tras mi nacimiento comenzó a sufrir depresión. Apenas nos vinos hasta que yo crecí.

—Oh, lo siento… —susurró ella, conmovida por la emoción que reflejaba la voz de él.

—Realmente no tienes por qué sentirlo por mí. Mi abuela me tenía mucho cariño y me cuidó muy bien hasta que yo tuve siete años. Fue entonces cuando mi padre conoció y se casó con una joven viuda que tenía un bebé de un año…

—¿Michael?

—Eso es.

—Así que por fin tuviste una madre de verdad —Bethany le sonrió. Sus ojos reflejaban inocencia.

—Desafortunadamente no. Yo no le gustaba a mi madrastra. No la culpo. Yo era un niño mimado muy difícil que tenía celos de ella por apoderarse de la vida de mi padre. Al final ella se hartó y le dijo a mi padre que o me iba yo o lo hacía ella…

Mirándolo fijamente, Bethany esperó a que prosiguiera hablando.

—A pesar de las objeciones de mi abuela, que pensaba que yo era demasiado joven, mi padre decidió mandarme a un internado.

Sintiendo pena por el niño rechazado por sus progenitores, ella le acarició la mano…

Capítulo 7

TRAS UNA pequeña pausa, sintiendo la necesidad de saber, Bethany preguntó.

–¿Así que fuiste a un internado?

–Por unos meses, pero era tan infeliz que me escapé. No hace falta que te diga que pronto me encontraron y me devolvieron a casa –dijo, riéndose fríamente–. Mi padre estaba furioso y preparó mi regreso al internado. Pero en aquella ocasión mi abuela se impuso y se negó a dejarme marchar. Sugirió que mi tía y su marido, que no tenían hijos, se ocuparan de mí durante un tiempo.

Joel continuó hablando acerca de su niñez.

–Ellos dijeron que querían intentarlo. Mirando hacia atrás, creo que ninguno de ellos esperaba que me asentara tan lejos de Londres...

–Tu tía... ¿vive en Cumbria?

–Te has dado cuenta. Ella y su marido tienen una granja en el Dundale Valley que ha pertenecido a la familia de él desde hace varias generaciones.

–¿Y te gustaba vivir allí?

–Me encantaba. Incluso cuando finalmente me mandaron al internado yo consideraba la granja como mi casa y siempre regresaba allí durante las vacaciones. Todavía los visito regularmente.

Todo aquello explicaba su conexión con aquella zona y su conocimiento de los páramos...

—Sugiero que nos pongamos en marcha. Son casi las once y tenemos un ajetreado día por delante.

—¿Haciendo qué? –preguntó ella.

—Tenemos que ir a visitar a mi abogado, a comer en China Town… si te gusta la comida china…

—Nunca la he probado –contestó ella con timidez.

—En ese caso debes probarla. Después de comer iremos a elegir un anillo y si nos casamos mañana, como he explicado ya…

—No nos podemos casar mañana.

—Claro que podemos. Todo lo que tenemos que hacer es ir a la administración más próxima, solicitar una licencia de matrimonio y firmarla. Eso es todo lo que hay que hacer.

—Seguro que se requieren más cosas que eso –dijo ella, un poco desorientada.

—No en el estado de Nueva York. Cuando transcurra un periodo de veinticuatro horas, el matrimonio se puede celebrar. Todo lo que necesitamos es alguien con autoridad para que oficie la ceremonia.

Aunque aquello era con lo que había soñado, ella se asustó.

—Pero todavía queda una cosa muy importante por hacer –dijo el, tomándole la mano y besándola–. ¿Quieres casarte conmigo?

A Bethany se le aceleró el corazón y por un instante estuvo tentada de decir que sí.

—No entiendo por qué quieres casarte conmigo.

—Entonces es que subestimas tus encantos femeninos –dijo él, sonriendo bribonamente.

Por un lado era una respuesta halagadora. Pero ella no podía aceptarla y así se lo hizo saber.

—En ese caso, te lo explicaré más claramente. Te quiero en mi cama –dijo él.

–Ya me tienes ahí. No tienes que casarte conmigo –dijo ella con una mezcla de dolor, placer y arrepentimiento.

–*Quiero* casarme contigo.

Ella no lo creía, no podía permitirse creerlo.

–¿Por qué? Aunque mis padres son buena gente, yo no provengo de un entorno con dinero ni...

–Como no tengo ninguna intención de solicitar una dote... –sonrió– no necesito a nadie que venga de una familia adinerada.

–Yo realmente no pertenezco a tu mundo... –continuó ella con voz dócil.

–Deja que sea yo el que lo juzgue –dijo él, levantándole la barbilla para que lo mirara.

–Realmente no me conoces. Puedo ser rencorosa, egoísta, tener mal genio, puede llegar a ser horrible vivir conmigo...

–No creo que seas ninguna de esas cosas –interrumpió él con calma–. Y sobre que no te conozco, cuando seas mi esposa llegaré a conocerte.

–Pero si entonces descubres que te has equivocado, que realmente no te gusto, será demasiado tarde. Si esperamos un poco, para conocernos primero...

Joel frunció el ceño. Había esperado que ella aceptara sin muchos preámbulos y aquella resistencia le sorprendió.

–No quiero esperar. Créeme, estoy acostumbrado a tomar decisiones precipitadas y a que esas decisiones sean acertadas –dijo con ecuanimidad.

–Pero en los negocios no corres un riesgo tan grande. Si resulta ser una decisión equivocada, puedes rectificarla. El matrimonio no es así...

–Si miras a... –comenzó a decir él, levantando una ceja.

–Sé lo que vas a decir; que una de cada tres parejas se divorcia. Ésa es una de las razones por la que creo que es mejor esperar. No tiene sentido hacerlo con prisas.

–Supongo que no te parezco repugnante, ya que sino no estarías aquí.

–Desde luego que no me pareces repugnante.

–¿Entonces qué tengo que decir para convencerte? –Joel levantó una ceja de manera inquisitiva.

Todo lo que él tenía que hacer era decirle que la amaba, pero ella no se lo podía decir.

–Tú no estás enamorado de mí –fue lo que dijo en vez de aquello.

–*Tú no estás* enamorada de mí –rebatió él–. Pero eso no significa que nuestro matrimonio no vaya a funcionar. He conocido a más de un matrimonio que ha terminado en fracaso aunque estuvieran muy enamorados ya que descubrieron que con sólo el amor no es suficiente.

Joel continuó explicándose.

–Lo más importante es que creo que somos compatibles en muchos aspectos. Estamos bien juntos y la química que hay entre ambos es fantástica…

Se acercó a ella y le tomó la cara entre las manos.

–Intentémoslo.

Bethany quería, pero sabía que él no la amaba. Aunque si se casaba con él había una posibilidad de que llegara a amarla, mientras que si se negaba podría perder su única oportunidad.

–¿La respuesta es que sí? –presionó él.

Sabiendo que no podía echar por tierra la posibilidad de felicidad que le ofrecía él, asintió con la cabeza. Entonces él suspiró aliviado y la besó.

Mientras la besaba, comenzó a acariciarle los pechos por debajo del edredón. Una vez hubo incitado sus pezones, que se endurecieron, dejó de besarla para chupar primero uno y después el otro mientras bajaba su mano hacía la parte interior de los muslos femeninos.

Bethany se estaba abandonando al placer cuando él se apartó de ella.

–Tenemos que ponernos en marcha –dijo a regañadientes–. No tenemos mucho tiempo. Una vez que nos hayamos casado nos olvidaremos de todo lo demás y nos concentraremos sólo el uno en el otro –sonrió bribonamente.

Joel se levantó y, de repente, se puso muy serio.

–Mientras te duchas y te vistes yo haré varias llamadas telefónicas que tengo que realizar.

Cuando él se marchó de la habitación, ella se quedó mirándolo, sentada muy derecha. Hacía sólo cuatro días que se habían conocido y habían pasado demasiadas cosas y muy rápidamente.

Entonces se quitó las joyas y se duchó. Se vistió con un fino vestido de algodón de color lila y unas botas de ante. Cuando bajó a la planta de abajo vio a Joel esperándola en el vestíbulo.

–He hablado con un amigo mío, el reverendo John Diantre. Le encantará casarnos en la iglesia de Holy Shepherd, a las dos de la tarde de mañana –dijo él, sonriendo.

–Oh… –Bethany se detuvo en seco y se quedó en silencio.

–¿Te supone eso algún problema?

–No… no. Es que había esperado una ceremonia civil.

–¿Lo preferirías? –preguntó él, sereno.

–No, para nada. Prefiero casarme por la iglesia. Es sólo que… –se mordió el labio inferior.

–¿Sólo que qué? –Joel presionó para que ella continuara hablando.

–Siempre he pensado que una boda por la iglesia de alguna manera es más seria.

–¿Y no quieres que sea así?

–No estaba completamente segura de que *tú* lo quisieras.

–Te puedo asegurar que, si he decidido tener esposa, si es posible, pretendo permanecer casado mucho tiempo.

Enormemente aliviada, Bethany le sonrió radiante.

–Si me sonríes de esa manera, olvidaré todas mis buenas intenciones y te llevaré de vuelta a la cama.

–Dijiste que no teníamos mucho tiempo –le recordó ella.

–Mmm… Lo dije. Me tendré que conformar con un beso, ¿no es así?

Ella esperó. Él le puso las manos en las caderas e hizo que se pusiera de puntillas.

–Ahora puedes besarme.

Simplemente con mirarlo a la boca a Bethany se le alteraba el cuerpo. Poniéndole las manos en los hombros, acercó sus labios a aquella preciosa boca y sintió cómo se le desbocó el corazón.

Él inclinó la cabeza y abrió los labios. Entonces comenzó a besarla con una pasión que hizo que a ella se le despertaran todos los músculos de su cuerpo.

Consciente del efecto que tenía sobre ella, sonrió masculinamente.

–Será mejor que nos pongamos en marcha o si no, no podremos hacer todo lo previsto.

Justo cuando estaban en la puerta el teléfono de la casa comenzó a sonar.

–Que conteste Molly o que salte el contestador automático –dijo él.

La limusina les estaba esperando. Tom les abrió la puerta y los saludó alegremente.

–Buenos días, señor, señorita… Hace muy buen día. ¿Dónde les llevo primero?

Como Bethany no había desayunado, fueron a China Town para comer algo en el restaurante favorito de Joel, donde éste eligió por ella.

–¿Qué te parece? –preguntó–. Si no te gusta, puedo pedir otra cosa.

–Oh, sí que me gusta. Está delicioso.

–Entonces aquí tenemos otra cosa en común.

Una vez hubieron terminado de comer se dirigieron a la oficina de la administración, donde solicitaron y firmaron una licencia matrimonial.

Entonces Joel la sorprendió llevándola a Tiffany's para comprarle un anillo.

–Por lo que me dijiste, pensé que tal vez venir a Tiffany's te parecería romántico.

Cuando entraron en la joyería, Bethany se percató del interés que despertaba él en las mujeres.

Entre muchos anillos de compromiso finalmente tuvieron dos favoritos; uno con un rubí y otro con un diamante. Se los probó una y otra vez.

–Realmente soy incapaz de decidirme –tuvo que reconocer.

Entonces Joel tomó el que tenía un diamante engarzado y se lo puso en el dedo para admirarlo.

–Nos llevamos los dos –le dijo a la elegante dependienta.

–¿Ha dicho que se lleva los dos, señor?

–Oh, pero yo no… –comenzó a decir Bethany, susurrando, al darse cuenta de la situación.

–Los dos –interrumpió Joel con firmeza. Entonces se dirigió a Bethany–. El diamante será nuestro anillo de compromiso y el rubí para que haga juego con tu conjunto.

–Por favor, Joel –suplicó ella, desesperada–. Realmente no necesito…

–Tómalo como tu regalo de boda –dijo él, acercándose y besándola delicadamente.

–¿Se van a llevar algo más? –preguntó la dependienta, suspirando de manera romántica.

–Necesitamos una alianza.

Bethany se sintió un poco decepcionada. Había estado esperando que él hubiese dicho *dos* alianzas.

Les enseñaron una gran variedad de ellas y, tras probarse unas cuantas, eligió una sencilla.

Cuando la dependienta comenzó a prepararlo todo para que se lo llevaran, Joel se dirigió a ella.

–Si no le importa, sólo envuelve la alianza y el de rubí. Mi novia llevará puesto el diamante.

Un poco después, Bethany salió de la joyería con la mano de Joel en la cintura y el anillo en su dedo.

–¿Dónde vamos ahora, señor? –preguntó el chófer mientras les abría la puerta de la limusina.

–A la oficina de Paul Rosco, por favor, Tom –contestó Joel.

Cuando llegaron al edificio donde el abogado de Joel tenía sus oficinas, Bethany, al pensar que él quizá preferiría tener intimidad, sugirió que ella podía esperar en el coche.

–No, para nada. Necesito que estés allí.

–¿Por qué? –preguntó ella, perpleja.

–Porque Paul está redactando un contrato matrimonial para ambos –le explicó él mientras subían en el ascensor hasta el piso sesenta y cinco.

—¿Un contrato matrimonial? —aquello parecía tan frío que ella sintió un escalofrío.

—Te aseguro que es muy frecuente estos días —dijo él ante la consternación de ella.

Pero como parecía que ella seguía estando a disgusto, él continuó hablando.

—Sé que es práctico y nada romántico, pero un contrato protege los intereses de ambos. Deja clara la posición en la que estaríamos si, por alguna razón, nuestro matrimonio se rompe…

Bethany contuvo las ganas de llorar que sintió; todo parecía tan formal y tan insensible.

Cuando llegaron a la oficina del abogado de Joel, una elegante joven que estaba sentada tras un ordenador les sonrió a ambos amistosamente.

—Si quieren pasar, señor McAlister, el señor Rosco les está esperando.

Al entrar en el despacho, Paul Rosco les recibió alegremente y ambos hombres se apretaron las manos con una calidez sincera.

—Permíteme que te presente a mi abogado y buen amigo Paul Rosco… Paul, ésta es Bethany Seaton, mi novia… —dijo Joel con una mano en la cintura de ella.

—Encantado de conocerte —aunque el abogado la saludó educadamente, su expresión era precavida—. Sentaos.

Sintiéndose enferma, Bethany se sentó en el suave sofá de cuero.

—¿Está todo preparado? —preguntó Joel, sentándose a su lado.

—Todo preparado —confirmó Paul Rosco—. Lo he establecido justo como me dijiste. Todo lo que tenéis que hacer es leer los documentos y si estáis de acuerdo entonces firmáis el contrato.

En silencio, Bethany tomó el contrato que le pasaron. Entonces Rosco se percató de que ella no estaba contenta.

—Estoy seguro de que encontrarás el acuerdo de divorcio muy generoso… —comenzó a decirle.

—Si no estás de acuerdo con la cantidad que he establecido que se te entregue en caso de separación… —interrumpió Joel–. … estoy dispuesto a discutirlo más adelante.

—No quiero una asignación en caso de divorcio. No necesito que me mantengas. Si nuestro matrimonio se rompe, soy perfectamente capaz de mantenerme por mí misma.

—No es tan simple —dijo Paul con cautela–. En beneficio de ambos, los dos tenéis que saber qué terreno pisáis. Si no has aceptado el acuerdo en caso de divorcio y acabáis divorciándoos, las cosas podrían ponerse muy difíciles. Sobre todo si hay tensión.

Ella sabía que lo que el abogado quería decir era que Joel era un hombre muy rico y que ella le podía llevar a los tribunales para intentar sacarle más dinero. Se sentía humillada y menospreciada; el hombre al que amaba no confiaba en ella.

—Y también está el asunto de los niños —prosiguió Paul insulsamente–. Si estás pensando en tener una familia…

Bethany miró a Joel, reflejando lo preocupada que estaba. Él le tomó la mano y se la apretó.

—Quieres tener hijos, ¿no es así?

—Sí —contestó ella, sintiéndose un poco mejor al sonreírle Joel.

—Entonces sería prudente cubrir todas las eventualidades, así que sugiero que antes de que sigas preocupándote, leas el documento.

–Le pedí a Paul que redactara el documento de manera simple, así que no tardaremos mucho en leerlo todo.

Bethany, percatándose de que si quería casarse con Joel no podía hacer otra cosa, comenzó a leer.

Como había señalado el abogado, la asignación en caso de divorcio era muy generosa, así como todos los demás compromisos financieros. Entonces accedió a firmar el documento, diciéndose a sí misma que si pasaba lo peor y se divorciaban, simplemente se marcharía sin aceptar el dinero.

–¿Estás contenta? –presionó Joel.

Ella asintió con la cabeza.

–¿Seguro? Parece como si estuvieras a punto de firmar tu sentencia de muerte.

–Seguro –Bethany estaba deseando firmar el contrato y acabar con todo aquello.

–Si ambos estáis preparados para firmar, le voy a pedir a Roz que entre y que actúe como testigo –el abogado presionó un botón y la joven secretaría entró a toda prisa–. ¿Cuándo se celebrará la boda? –preguntó una vez que los documentos estuvieron firmados.

–A las dos de la tarde de mañana en la iglesia de Holy Shepherd. Esperaba que pudieses actuar como mi padrino.

–Si estás seguro de que eso es lo que quieres, entonces iré –accedió Paul.

La aceptación fue por educación más que por entusiasmo y Bethany estaba segura de que Paul no estaba de acuerdo con aquel matrimonio.

Ansiosa por marcharse de allí, tomó su bolso, agarrándolo contra su pecho. Joel, percatándose de ello, declinó la invitación de Paul de tomarse algo, alegando que tenían cosas que hacer.

Cuando salieron, Joel le indicó al chófer que se dirigiera a una dirección que ella no entendió.

—¿Dónde vamos?

—A comprarte un vestido de novia y un ajuar.

Ella fue a decir algo, pero él continuó hablando.

—No trates de discutirlo. Mañana serás mi esposa... Y es un privilegio de los maridos el comprarle la ropa a sus esposas.

—¿No es un poco tarde para ir de compras? —dijo ella al darse cuenta de que eran casi las cinco.

—No para ir a Joshua Dellon. Vamos a llegar un poco más tarde de lo que había pensado, pero nos están esperando. Lo arreglé todo esta mañana.

Cuando llegaron a la famosa tienda, Bethany se sintió excitada. Siempre le había encantado la sencillez y elegancia de aquel diseñador.

—Buenas tardes —dijo la elegante señora que les abrió la puerta de la tienda—. Encantada de volver a verle, señor McAlister.

—A mí también me alegra volver a verte, Berenice. Siento que hayamos llegado un poco tarde.

—No pasa nada. El tráfico cada vez está peor.

—Ésta es la señorita Seaton, mi novia.

—Señorita Seaton... —dijo Berenice con gracia. Analizó a Bethany y volvió a dirigirse a Joel—. La señorita Seaton tiene una bonita y proporcionada figura y la talla que usted sugirió será perfecta. Si hay que modificar algo, me aseguraré de que lo arreglen inmediatamente. Acompáñenme al salón, que todo está preparado.

El salón era una lujosa sala donde no había ropa a la vista. Ambos se sentaron en dos sillas que había preparadas y durante los quince minutos siguientes observaron el desfile de modelos que había preparado

Berenice. Vieron abrigos, trajes, vestidos de fiesta, pijamas y lencería.

Estaba claro que Joel sabía lo que le quedaría bien y cada vez que miraba y asentía con la cabeza en dirección a Berenice, ésta anotaba algo en un bloc de notas.

Pero al ver que él había asentido ante un vestido de noche que debía ser extremadamente caro, Bethany se quejó, ya que consideraba que se estaba gastando demasiado dinero en ella.

—Pero tienes que tener un vestido de noche —dijo Joel, haciendo caso omiso de las quejas de ella—. Y no te preocupes por el chal. Parece que es de zorro, pero no es piel natural.

—Pero realmente no necesito... —protestó ella.

—Oh, sí que lo necesitas. Esta noche vamos a asistir a una fiesta de cumpleaños muy exclusiva —continuó diciendo él, irónicamente—. Nada menos que el de la hija de un senador, que cumple veintiún años... y me gustaría exhibirte.

—Oh... —Bethany no estaba segura de si le gustaba la idea de que la exhibiera. Pero no podía asistir a aquel cumpleaños con su vestido de fiesta—. Muy bien.

Los vestidos de novia fue lo último que mostraron en el desfile y una vez hubieron visto todos, ella le pidió a Joel si podían ver de nuevo el primero que había salido.

—Desde luego.

El vestido era precioso, casi etéreo, una maravilla que haría a cualquier mujer estar preciosa.

—¿Te gusta? —preguntó él.

—Me encanta —contestó ella, emocionada y encantada.

—Entonces, si te queda bien, nos lo llevamos.

Mientras Berenice apuntaba algo en su bloc de notas, una joven entró en la sala con una botella de champán y dos copas.

Entonces bebieron champán, eligieron zapatos y algunos accesorios, tras lo cual Berenice acompañó a Bethany a que se probara el vestido.

Le quedaba perfecto y se quedó sin aliento al ver su reflejo en el espejo del probador.

—Como el vestido le queda perfecto, también le quedará bien todo lo demás —le dijo con certeza Berenice.

Cuando regresaron a la sala donde esperaba Joel, Bethany le informó de que a la mañana siguiente les llevarían a la casa los vestidos y los complementos, aunque en aquel momento les dieron una caja negra y dorada.

—Buenas noches —les deseó Berenice cuando les acompañó a la puerta.

Entonces apareció la limusina como por arte de magia y, en cuanto se montaron, Tom se dirigió hacia la casa.

—¿En qué estás pensando? —preguntó Joel.

—Estaba pensando en lo afortunada que soy.

—Para nada, el afortunado soy yo por tenerte como esposa… —dijo él, tomándole la mano y acercándola a sus labios.

Aunque estaba encantada ante aquello, se preguntaba por qué estaría él tan empeñado en casarse con ella.

—Podrías haber elegido casarte con Michael.

Al recordar a Michael y la posibilidad de hacerle daño, la felicidad de Bethany se vio empañada.

—Tengo que hablar con él y decirle la verdad —sintiéndose culpable, añadió—. Le he tratado muy mal.

–Estoy de acuerdo en que tenemos que hablar con él, pero sugeriría que lo hiciéramos una vez estemos casados. Es mejor presentarle los hechos consumados. De esa manera, en vez de discutir, se verá forzado a aceptarlo.

Capítulo 8

CUANDO llegaron a Mulberry Street, Joel tomó la caja que les habían dado en Dellon's y ayudó a Bethany a salir del coche.

—¿Me va a necesitar de nuevo esta noche, señor? —preguntó el chófer.

—No, has tenido un día intenso. Aparca el coche y tómate la noche libre. Tomaremos un taxi.

—Gracias, señor —dijo Tom, agradecido—. Buenas noches, señor. Buenas noches, señorita.

Al abrir la puerta principal, el ama de llaves les salió al encuentro.

—Oh, señor McAlister, el joven señor Michael ha estado tratando de ponerse en contacto con usted toda la tarde. Me ha pedido que le pida que le telefonee en cuanto regresara a casa. Dice que tiene que hablar con usted urgentemente.

—Gracias, Molly —dijo Joel—. Yo me ocuparé.

—¿Van a cenar en casa?

—No, saldremos. Tom y tú os podéis retirar.

Entonces Molly sonrió en señal de agradecimiento y les dejó a solas.

Abrazando a Bethany por la cintura, Joel la condujo hacia las escaleras.

—Tal vez sea mejor que hable con Michael después de todo...

—Tenemos que estar en la fiesta en menos de una

hora –señaló Joel mientras ponía la caja sobre la cama–. Esta noche no hay tiempo para explicarle ni escucharlo, ya que sin lugar a dudas lo que tenga que decir será largo.

–Supongo que tienes razón –sin ganas de hablar con Michael, a Bethany le agradó aplazarlo.

–Las piedras rojas no pegan con tu vestido, así que pensé que te gustaría llevar esto –dijo, acercándose a una cómoda y sacando una cajita. Se la entregó a ella.

Al abrirla, Bethany vio unos pendientes que tenían unos diamantes cayendo en cascada.

–Son preciosos.

–Me alegra que te gusten. Ahora tengo un par de cosas que hacer antes de ducharme, así que te dejo para que te arregles.

Al quedarse sola, sacó el vestido de la caja y pensó que nunca antes había tenido nada tan bonito. Era de seda azul oscura e iba con unas sandalias de fiesta.

Se fue a duchar y salió del cuarto de baño perfumada, levemente maquillada y peinada con un elegante moño.

No había rastro de Joel. Entonces se quitó el albornoz y se vistió, poniéndose los pendientes que le había dado él.

Se miró en el espejo y se quedó boquiabierta ante la extraña que veía reflejada en él. Justo entonces entró Joel en la habitación, guapísimo con su traje de etiqueta. Estaba recién afeitado y su pelo rubio estaba tratando de ondularse un poco. La tomó por los hombros y le dio la vuelta para que lo mirara. Entonces se quedó analizándola en silencio.

–Estás preciosa. Todos los hombre me envidiarán y yo estaré celoso del que se atreva a mirarte.

—Dijiste que querías exhibirme —señaló ella.

—Ahora no estoy tan seguro. No quiero que hombres extraños te coman con los ojos —mirándola a la boca, preguntó—. ¿Te estropearé el brillo de labios si te beso?

Como respuesta, ella levantó la cara como una flor ante el sol.

Joel la besó delicadamente, pero con tal esmero que hizo que ella se ruborizara y sintiera tanto calor por todo el cuerpo que deseó que no tuvieran que salir.

Cuando de mala gana él levantó la cabeza, ella abrió los ojos y pudo ver, por la expresión de su cara, que él estaba deseando lo mismo.

—¿Tenemos que ir? —preguntó ella impulsivamente.

—Me temo que sí. Se lo prometí a Lisa.

A Bethany se le encogió el corazón.

—Tara estará allí —dijo en voz alta.

—¿Te molesta?

—En realidad no —mintió ella, levantado la barbilla.

—No te preocupes. Con tanta gente alrededor, tal vez ni siquiera la veamos…

«Eso espero», pensó ella, casi rezando.

—Yo estaré allí contigo. Aunque tengo que admitir que preferiría estar aquí a solas contigo —suspirando, añadió—. No obstante, me conformaré con pensar que si así lo deseamos, podremos pasarnos la luna de miel en la cama.

—¿Vamos a tener luna de miel?

—Pensé que podíamos pasar unos días en Catskills. Tengo un casita allí —su cara se ensombreció levemente—. Tras lo cual hay algo de lo que me tengo que ocupar. Aunque si Dios quiere, cuando se resuelva todo, podemos irnos de nuevo de luna de miel a donde quieras. Ahora... ¿estás preparada? El taxi está esperando.

Bethany metió un par de cosas en su bolso de fiesta y él le colocó el chal sobre los hombros, conduciéndola hacia el taxi.

Mientras se dirigían a la fiesta, Joel le dijo que ésta se celebraba en el Cardinal, que era uno de los hoteles más antiguos de Nueva York.

—No estás nerviosa, ¿verdad? —preguntó él mientras se dirigían al hotel.

—Un poco —admitió.

—No tienes por qué estarlo, te lo aseguro. Te desenvuelves muy bien, tienes un aspecto estupendo y, a diferencia de algunas de las personas que figuran en sociedad que conozco y que tienen la cabeza vacía, tú eres inteligente y despierta.

Animada por aquello, Bethany hizo un esfuerzo para dejar de preocuparse, aunque la posibilidad de encontrarse con Tara todavía la inquietaba.

Llegaron tarde debido al tráfico. Al entrar les ofrecieron champán y zumo de naranja.

—¿Preparada para entrar en la batalla? —preguntó él.

—Tan preparada como no lo he estado nunca —admitió irónicamente.

La fiesta se celebraba en tres salas, donde había grupos de gente elegantemente vestidos hablando y riéndose. La anfitriona de la fiesta, con su padre acompañándola, les esperaba. Era obvio que al senador Harvey le gustaba ser el centro de atención, mientras que a su hija no.

Era una guapa muchacha rubia, vergonzosa y afable que, aunque iba muy bien vestida, parecía verse eclipsada por su padre, por no decir por la celebración en sí.

Al ver a Joel se le iluminó la cara y Bethany se preguntó si no estaría un poco enamorada de él.

—Cuando Tara me dijo que todavía estabas en Inglaterra, empecé a pensar que te habías olvidado de tu promesa —dijo la muchacha, ofreciéndole la mano a Joel.

—En absoluto. No me hubiera perdido tu cumpleaños por nada del mundo —dijo él, tomando la mano de la chica y llevándosela a los labios.

La muchacha se ruborizó, encantada.

—Te presento a mi novia, Bethany Seaton... Bethany, ésta es Lisa Harvey.

Sintiendo pena por la chica, Bethany la saludó murmurando, lo mismo que hizo ella.

—Me alegra tanto que hayáis podido venir —logró decir la muchacha, sonriendo. Entonces indicó hacia el hombre que tenía al lado—. Me gustaría que conocieras a mi padre...

—Encantado de conocerla, querida —dijo el hombre, tomando la mano que le tendía Bethany. Añadió cortésmente—. Está usted preciosa.

—Gracias —dijo Bethany con recato.

—¿Me concederá un baile más tarde? —preguntó él, sujetándola todavía de la mano.

—Me encantará —respondió ella, que sabía que no podía negarse.

—Entonces todo lo que necesito es el permiso de su novio —dijo el senador, mirando a Joel.

—Por supuesto —dijo Joel—. Siempre y cuando yo pueda bailar con su encantadora hija.

—Claro, aunque no bailo muy bien —dijo Lisa, encantada y ruborizada.

Entonces su padre la miró irritado, provocando que ella frunciera la boca.

—Yo tampoco bailo muy bien, pero no había tenido el coraje de admitirlo, así que iba a dejar que tu padre lo descubriera por sí mismo —dijo Bethany, sintiendo pena de nuevo por la chica.

Aquello alivió un poco la tensión que sentía Lisa y sonrió.

—He bailado con vosotras dos, señoritas… —dijo Joel, entrando en la conversación—. … y sé que ambas estáis siendo demasiado modestas.

—Aunque no es el momento para hablar de negocios… —le comentó el senador a Joel—. … me gustaría charlar contigo un poco más tarde, si a Bethany… ¿puedo llamarte Bethany? … no le molesta compartirte con alguien más durante más o menos diez minutos.

—Desde luego que no me molesta —dijo ella con simpatía, sonriendo al senador.

—Querida… —dijo él—. … si me sonríes así, seré tu esclavo durante el resto de mi vida.

—Creo que se necesita más de una sonrisa para hacer que un hombre como usted se esclavice —dijo Bethany, atreviéndose mucho.

Riéndose, el senador le dio a Joel una palmada en el hombro.

—Joel, sinvergüenza, eres un hombre con mucha suerte.

—Ya lo sé.

Tras aquello, estuvieron conversando con algunas de las personas allí congregadas. Joel presentó a Bethany a bastantes amigos suyos. Para alivio de ésta, no había rastro de Tara y la gente que estaba conociendo era muy agradable, a excepción de un joven que, tras mirarla con ojos lujuriosos, quiso hablar de temas personales. Entonces Joel la abrazó y se la llevó a la pista de baile.

—Si ese zopenco no te hubiera dejado de mirar, habría habido un altercado.

—Era demasiado joven y un poco iluso, pero no tenía mala intención —dijo ella, sintiéndose secretamente halagada por el proteccionismo que él ejercía sobre ella.

—Tienes muy buen corazón —dijo él—. Lo demostraste antes, cuando le mentiste a Lisa diciéndole que no bailas bien.

—Sé que parece una tontería, pero sentí pena por ella.

—No es una tontería. Aparentemente, Lisa lo tiene todo, pero en realidad es una pobre niña rica. Pasa la mayor parte del tiempo tratando de complacer a su padre y fallando en el intento. Él ha estado tratando de convertirla en una dama de sociedad, para que así se case con un buen partido. Pero en mi opinión ella sería mucho más feliz si se casara con un hombre que la quisiera por lo que es en realidad.

Cuando estaban terminando de bailar el senador se acercó, con su hija del brazo, para reclamar su baile.

La siguiente canción fue una rápida y, viendo la mirada ansiosa de Lisa, Joel le sugirió que fueran a tomar algo antes de bailar para así ponerse al día y cotillear un poco. Ella asintió con la cabeza, agradecida.

—Querida, te subestimas. Bailas muy bien —le dijo el senador a Bethany mientras bailaban.

—Gracias —dijo ella con recato—. Pero pienso que todo depende de la pareja con la que baile y a usted se le puede seguir muy fácilmente.

–Por tu acento deduzco que eres inglesa, ¿no es así?

–Sí. Vivo en Londres.

–Lisa estuvo un año estudiando en St. Elphins, que tiene la reputación de ser uno de los mejores colegios de Inglaterra. Pero, desafortunadamente, no le hizo adquirir muy buenos modales...

El senador estaba encantado de bailar con Bethany y bailaron juntos durante bastante rato.

Cuando la banda comenzó a tocar un vals, Joel y Lisa les acompañaron en la pista de baile. Gracias al esmero de Joel, Lisa bailó bien.

–Su hija baila bien –remarcó Bethany, feliz de verlo.

–Lisa nunca ha sido capaz de venderse. Siempre se comporta de manera torpe y vergonzosa.

–Me parece que la subestima –dijo Bethany con firmeza.

En cuanto terminó el vals y, aunque era obvio que Lisa hubiese querido seguir bailando con él, el senador Harvey requisó a Joel.

–Me gustaría tener esa charla de la que te hablé antes, Joel, mi chico, si las mujeres nos lo permiten.

Entonces el senador tomó a Joel por el brazo y ambos se marcharon.

–Creo que voy a aprovechar esta oportunidad para ir al cuarto de baño y retocarme el maquillaje –dijo Bethany al percatarse de que Lisa parecía de repente perdida.

–Iré contigo –dijo la chica con abierto entusiasmo.

Entonces, mientras se dirigían al vestíbulo, pareció que tomó confianza en Bethany.

–Como sabía que iba a estar ocupado, por lo menos la mitad del tiempo, papá forzó a Martin a ser mi pareja, pero hasta el momento apenas lo he visto. Y no tengo ninguna intención de salir a buscarlo, ¿o lo harías tú?

—No, yo no lo haría —dijo Bethany—. Tiene que haber hombres mucho más agradables y atractivos alrededor.

—A David le hubiese gustado ser mi pareja —continuó diciendo Lisa, con la nostalgia reflejada en los ojos—. Pero como sólo es un pasante en un despacho de abogados que no marcha muy bien, papá cree que él no es suficientemente bueno para mí.

—¿No debería depender de lo que *tú* crees? —remarcó Bethany.

—Sí, sí que debería, ¿no es así? —dijo Lisa, mirándola pensativa—. No estamos enamorados ni nada de eso —añadió—. Pero parece que yo le gusto y él a mí no me pone nerviosa como hacen algunos de los amigos de mi padre.

Al llegar al cuarto de baño, Bethany no pudo dejar de admirar lo lujoso que éste era. Había tres elegantes mujeres que, ignorando a Bethany, sonrieron a la hija del senador, con una mezcla de respeto y envidia, murmurando cuánto estaban disfrutando de la fiesta.

Lisa se acercó a lavarse las manos y Bethany, consciente de que aquellas mujeres la estaban mirando, se sentó en una de las banquetas, pretendiendo retocarse el maquillaje. Entonces, reflejada en el espejo, vio a Tara entrar en el cuarto de baño.

—¡Bueno, bueno, bueno, mirad quién está aquí! —exclamó Tara—. La amiguita de Joel. A todo esto, ¿dónde esta él? No me digas que te ha abandonado.

—Está hablando con el senador Harvey —contestó Bethany, dándose la vuelta para mirarla.

–Parece un Dellon's… Supongo que Joel te ha llevado de compras –dijo Tara al ver el vestido de Bethany–. Sin duda en pago por los servicios prestados.

Por la manera en la que estaba hablando, parecía que Tara estaba borracha.

–¡También pendientes de diamantes! –prosiguió Tara estridentemente–. Debes creer que vas a conseguir algo…

Bethany tomó su bolso y se dirigió hacia la puerta, pero Tara le impidió el paso.

–Pero no te equivoques; Joel simplemente te está utilizando para vengarse de mí. En un par de semanas como mucho te dejará…

Pero al ver el anillo que llevaba Bethany, dejó de hablar y se quedó con la boca abierta.

–Puede que lleves un anillo, pero no me creo que él realmente pretenda atarse a una don nadie como tú. Cuando llegue el momento de solicitar una licencia matrimonial, verás…

–Lo hemos hecho hoy –dijo Bethany con claridad–. Y nos vamos a casar mañana por la tarde.

–Joel debe estar loco para casarse con una mujerzuela a la que sólo conoce desde hace pocos días y que ha estado acostándose con su hermanastro.

La cara de Tara reflejaba lo furiosa que estaba.

–Oh, sí, lo sé todo sobre Michael y tú. Se quedó muy impresionado cuando mencioné tu nombre por casualidad. Hasta ese momento no sabía que lo habías tirado a la basura para venir a Nueva York con Joel…

Bethany pensó en que Michael ya sabía que ella estaba allí…

–Pero claro, tenía que haber tenido sentido común y haber sabido que las mujeres como tú siempre se venden al mejor postor… Si Joel es tan tonto como para casarse contigo, no creas que ya lo tienes todo hecho. Nunca serás aceptada en sociedad y no…

Lisa, que había estado escuchando todo en silencio, se adelantó y tomó a Bethany por el brazo.

—Vamos, Bethany, será mejor que volvamos —al pasar al lado de Tara, añadió—. El lord Peter se estará preguntando dónde estamos.

Bethany observó de reojo las caras de las otras mujeres, que estaban horrorizadas.

—Espero que no le hagas caso a la pobre Tara. Una combinación de celos y alcohol debe haber hecho que se le soltara la lengua —murmuró Lisa cuando estaban saliendo del cuarto de baño.

—No sé cómo agradecerte que me rescataras. Has estado estupenda —dijo Bethany.

—He estado bastante bien, ¿verdad que sí? Para serte sincera, me he sorprendido a mí misma —dijo Lisa, para a continuación hablar más seriamente—. No dejes que Tara te disguste. A veces puede llegar a ser muy mala, pero normalmente después se arrepiente.

Dudando aquello, Bethany no dijo nada.

—Ahora, por si nos siguen mirando —dijo Lisa casi alegremente—. Vamos a hablar con Peter.

—¿Es este Peter realmente un lord? —preguntó Bethany.

—Oh, sí, aunque no usa el título. Su hermano mayor es el duque de Dunway.

—Pensaba que tal vez te lo habías inventado.

—Me temo que no soy tan ingeniosa. Lo conocí cuando estuve estudiando en Inglaterra. Era amiga de su hermana, Sarah.

—¿Vive en Nueva York?

–Vive en Surrey, pero ha venido especialmente para mi cumpleaños…

Una vez que Lisa le presentó a Bethany, el lord Peter habló con ella.

–¿Así que usted también es inglesa?

–Sí –contestó ella, sonriendo educadamente.

–¿Dónde vive?

–En Londres –dijo Bethany.

–¿Nació y se crió en Londres?

–No, nací en Youldon.

–Ah –el lord suspiró–. No está lejos de la casa de mis antepasados. Es una molestia que ahora, durante siete meses cada año, se llena de turistas mientras que mi familia vive en lo que antes eran los establos.

–Las cosas están cambiando –indicó Bethany.

–Es verdad –concedió él–. Hoy en día es el dinero lo que impresiona a la gente, no la sangre azul ni los títulos.

–Oh, no lo sé –murmuró Bethany mirando a Lisa.

Entonces apareció Joel y le puso un brazo alrededor de la cintura a Bethany.

–Me estaba empezando a preguntar dónde estabais.

Estuvieron un rato allí charlando para luego sentarse en el comedor a disfrutar de la cena, escuchar los brindis y ver a Lisa, con su padre al lado, cortar la tarta.

Cuando Peter se excusó con ellos y se dirigió a hablar con un conocido, Bethany se dirigió a Joel, agitada.

–*Debería* haber hablado con Michael. Él sabe que estoy en Nueva York contigo –susurró.

–¿Estás segura?

–Bastante segura –Bethany asintió con la cabeza, preocupada.

—¿Cómo es que lo sabe? —preguntó Joel, haciendo una mueca con su preciosa boca.

—Parece ser que Tara se lo dijo.

—Debería haberlo sospechado —dijo él con gravedad—. Sé que ellos hablan con frecuencia. ¿Qué más te ha dicho?

Entonces Bethany le hizo un resumen de lo que había pasado en el cuarto de baño.

—Trata de que no te afecten las palabras de Tara. Y no te preocupes por Michael. Aunque hubiese preferido decírselo yo, en algún momento se tenía que enterar.

—Pero yo...

—No te preocupes; mañana hablaremos con él.

—¿No podríamos hacerlo ahora? —suplicó ella, que se sentía muy mal.

—Creo que no, por una razón; en Londres ahora mismo es de madrugada.

Cuando por fin la fiesta llegó a su fin, fueron a despedirse de Lisa y de su padre.

—¿De verdad que te casas mañana...? —preguntó la muchacha en voz baja.

—Sí, es verdad —contestó Joel.

—Como Tara ha dicho que sólo os conocéis desde hace pocos días... —dijo Lisa, incómoda.

—Ha sido amor a primera vista —le dijo Joel—. Por lo menos por mi parte...

Bethany pensó que si eso fuese verdad, ella, a pesar de los problemas con Michael, sería la mujer más feliz del mundo.

—Me temo que hice que Bethany perdiera la cabeza por mí —añadió Joel, sonriendo.

—¡Qué romántico! —suspiró Lisa—. Siempre me han encantado las bodas.

—¿Tú no estarás...? —comenzó a preguntar Bethany,

guiada por un impulso. Pero se calló antes de ser indiscreta, ya que sospechaba que a la chica le gustaba Joel.

Pero al mirar a éste, vio que asintió con la cabeza, animándola. Entonces se lo preguntó.

—¿Tú no estarás libre mañana?

—No tengo nada que hacer hasta por la tarde, ya que entonces saldré con David. ¿Por qué?

—Como no tengo amigas en Nueva York, me preguntaba si te gustaría…

—¿Ayudarte a vestirte? —preguntó Lisa al ver que ella dudaba—. Claro que sí.

—Estábamos pensando en algo más que eso —señaló Joel—. Esperábamos que pudieras ser su dama de honor.

—¿Dama de honor…? —repitió Lisa, ruborizándose—. Me encantaría.

—Va a ser una ceremonia muy corta —añadió Bethany.

—Estoy segura de que será maravillosa.

—Necesitarás un vestido y los complementos, así que… ¿podrías estar preparada para ir de compras a las nueve… nueve y media como muy tarde? —dijo Joel, sonriéndole.

Lisa asintió con la cabeza, con el entusiasmo reflejado en la cara.

—Entonces pasaré a buscarte a tu casa.

Percatándose demasiado tarde de que prácticamente habían ignorado al padre de Lisa, Bethany hizo un esfuerzo por reparar la situación. Se dirigió a él con una radiante sonrisa.

—Espero que pueda asistir…

—Me encantaría, querida —dijo el senador—. El único problema es que tengo que estar en el aeropuerto a las cuatro y media.

—Aun así podrá asistir. La ceremonia es a las dos en la iglesia de Holy Shepherd —le dijo Joel.

—Entonces me encantará asistir —dijo el senador, sonriendo a la pareja.

—De nuevo tengo que decir que estábamos pensando en algo más —dijo Joel—. Aunque le avisamos con muy poco tiempo, nos gustaría que llevara a la novia al altar.

A Bethany se le encogió el estómago ante aquello.

—Estaré encantado, mi chico —dijo el senador Harvey efusivamente—. Mañana por la mañana, cuando pases a buscar a Lisa, me cuentas los detalles.

—Eso haré —respondió Joel.

Cuando por fin se despidieron, Joel se dio cuenta de que algo le pasaba a Bethany.

—Pareces disgustada, ¿qué te ocurre?

Pero ella no fue capaz de hablar debido al nudo que tenía en la garganta.

—¿Tienes algún problema con que el padre de Lisa te lleve al altar? Si lo tienes, yo…

—No, no es eso…

—¿Entonces qué es?

—De repente me he dado cuenta de que me caso mañana y mis padres ni siquiera lo saben.

—¿Tienes mucha relación con ellos?

—Mucha.

—Es culpa mía por haberte metido tanta prisa —dijo Joel, frunciendo el ceño—. Desafortunadamente, mi avión privado está aquí, lo que significa que tendrían que tomar un vuelo regular, y no llegarían a tiempo…

—De todas maneras no vendrían. Mi padre tiene una enfermedad cardiaca que le impide volar y mi madre no vendría sin él. Es simplemente que les debería haber telefoneado…

—Bueno... ¿si quieres despertarles...? —dijo Joel, mirando su reloj.

—No, no... hablaré con ellos por la mañana —dijo ella, sintiéndose mejor.

Capítulo 9

CUANDO salieron del hotel, caían unos pocos copos de nieve. Bethany sintió escalofríos mientras se dirigían al taxi que les estaba esperando y justo cuando llegaron a él, apareció Tara.

—Joel, espera... *tengo* que hablar contigo... —dijo ella, agarrándolo por el brazo.

Apartándose de ella, Joel abrió la puerta del taxi para Bethany.

—Métete y resguárdate del frío —le dijo. Entonces, tras cerrar la puerta, se dirigió a Tara—. ¿Qué quieres?

—Por favor, Joel —suplicó Tara—. Dime que no te vas a casar mañana.

—Sí que me voy a casar mañana —dijo él, dándose la vuelta para abrir la puerta del taxi.

Pero Tara le volvió a agarrar del brazo.

—Pensaba que alguien como tú habría encontrado muy degradante el hecho de compartir mujer con otro hombre... Sobre todo con su hermanastro...

—Sí que encuentro degradantes esas cosas, por esa razón rompí nuestra relación.

—Por eso estás haciendo todo esto, ¿verdad? —gritó Tara—. Si no nos hubieras descubierto juntos a Michael y a mí y no te habrías enfadado, nada de esto estaría pasando. Supongo que estás tratando de vengarte de ambos.

–Si lo estuviera haciendo, ¿podrías culparme? –Joel se rió fríamente.

–No entiendo por qué no puedes olvidarte del asunto. Ya te dije que fue una tontería, nada serio. No habría pasado si ambos no hubiésemos estado drogados... Yo te amo, y ella sólo es una zorra que lo único que quiere...

–Ten cuidado con lo que dices –le advirtió Joel de manera cortante.

–Bueno, es una zorra –insistió Tara–. Michael me ha contado cómo ejerció sus artimañas con él, logrando que le pidiera matrimonio. Pero entonces, en cuanto se dio cuenta de que tú eras mejor partido, lo abandonó y centró su atención en ti...

Tara miró a Bethany a través de la ventanilla del taxi.

–Oh, es lista, de eso no hay duda. De alguna manera ha logrado tener a Lisa comiendo de su mano... Cuando le he preguntado a Lisa que por qué se ha puesto de parte de la pequeña mujerzuela me ha dicho que porque le cae bien y porque ha sido amable con ella. ¡Amable...!

–La amabilidad es una cualidad muy atractiva; deberías intentar serlo alguna vez.

–¿Cómo puedes decir...? –Tara estaba furiosa.

–Bethany posee una amabilidad espontánea gracias a que tiene un espíritu generoso, algo de lo que tú no sabes mucho, Tara.

Entonces, dejando a Tara allí de pie, se montó en el taxi y le indicó al taxista la dirección. Mientras se dirigían a la casa, Bethany trató de aclararse las ideas. Cuando Tara había acusado a Joel de casarse con ella para vengarse de Michael y de ella, él no lo había negado.

—Vamos, dime qué te pasa —ordenó él, mirándola a la cara.

—¿Por qué te vas a casar conmigo? —preguntó ella, respirando profundamente.

—Ya me has hecho esa pregunta antes.

—Te lo he preguntando antes, pero no me has dado ninguna respuesta.

—No me voy a casar contigo para vengarme de Tara y de Michael, si eso es lo que tú crees.

—Oh… —Bethany se sintió levemente mareada ante el gran alivio que sintió.

—Espero que me creas.

—Te creo.

—Bien —dijo él, abrazándola—. Odiaría si el veneno de Tara te hubiese penetrado en la mente.

En ese momento comenzó a nevar con más fuerza y Bethany suspiró.

—Me encanta la nieve —comentó.

—Aunque el sentido común demuestra que en la ciudad es un incordio, a mí también me encanta.

Durante un par de minutos ambos guardaron silencio.

—Aparte de Tara, ¿ha sido la noche tan mala como habías temido que fuera? —preguntó él.

—No, todo el mundo ha sido muy agradable conmigo. Sobre todo Lisa.

—Lisa es una niña muy dulce. Pero ni la mitad que tú.

Animada por aquello, Bethany acurrucó a Joel en su pecho. Parecía que ella comenzaba a gustarle y, con el tiempo, quizá podría llegar a amarla.

—Pero hay algo más que te preocupa, ¿no es así?

—Es Michael… Me preocupa causar problemas entre vosotros dos —admitió ella.

–Me atrevo a decir que él estará enfadado. Pero no es probable que esté desconsolado. Y, conociéndolo, estoy seguro de que pronto se recuperará.

–Desearía habérselo dicho enseguida –dijo ella, mordiéndose el labio inferior, preocupada.

–Como ya es muy tarde para arrepentimientos, te sugeriría que no sigas preocupándote –con delicadeza, añadió–. Estoy seguro de que todo va a salir bien.

Alentada por la confianza que denotaba Joel, Bethany trató de dejar de pensar en ello.

–¿Cansada? –preguntó él tras un rato al ver que ella bostezaba.

–Un poco.

Cuando llegaron a la casa, ella hizo un esfuerzo para salir del taxi y se quedó observando cómo caían los copos de nieve. En cuanto Joel pagó al taxista, se acercó a ella.

Iba a conducirla dentro de la casa cuando algo hizo que se quedara mirándola. Estaba absolutamente irresistible, estaba preciosa. No había planeado hacerle el amor aquella noche, ni siquiera había planeado tocarla. Pero suspiró y acercó la cabeza para besarla.

Bethany tardó un segundo en responder, tras lo cual se echó en sus brazos. Los labios de él estaban fríos, pero entonces la besó con más pasión y ella sintió cómo el fuego se apoderaba de todo su cuerpo.

–Vamos dentro antes de que te congeles –dijo él.

Entonces entraron y subieron a la habitación. Joel le quitó el chal y le acercó una toalla para que se secara el pelo mientras él se quitaba la chaqueta y la corbata.

Cuando ella se quitó los pendientes, él se acercó y le dio un beso en la nuca.

Sintiendo el pequeño escalofrío de placer que le recorrió todo el cuerpo a Bethany, Joel le dio la vuelta para que lo mirara y le levantó la barbilla. Ella pudo ver el deseo que reflejaban sus ojos.

—¿No has dicho antes que estabas cansada?

—Y lo estoy. Un poco —dijo ella, sintiendo cómo se le aceleraba el corazón.

—Espero que no demasiado, ¿verdad?

—No.

Entonces él la besó de manera delicada, incitándola. Comenzó a desnudarla y antes de que le hubiese quitado la última prenda de ropa interior ella estaba temblando de placer. Pero una vez que estuvo desnuda, en vez de quitarse él la ropa, simplemente se quitó los zapatos y los calcetines y esperó.

—Es lo justo. Ahora te toca desnudarme.

Aunque le temblaron un poco los dedos al realizar aquella tarea a la que no estaba acostumbrada, le desabrochó la camisa y se la quitó.

El torso de Joel era perfecto, cubierto por un fino vello rubio que se perdía bajo sus pantalones.

—Adelante —dijo él al ver que ella acercaba una mano a su pecho—. Tócame. No muerdo.

Bethany le acarició el pecho y, fascinada por la suavidad de su vello, restregó su mejilla en él.

Joel emitió un leve sonido con la garganta, como incitándola a que siguiera.

Entonces, dando rienda suelta a sus impulsos, Bethany lo acarició con sus labios hasta que encontró un pequeño y firme pezón. Entonces cerró los ojos y, usando la punta de su lengua, exploró la textura de éste, jugueteando con él.

La suave piel de Joel tenía un leve sabor salado y, disfrutando de aquella sensación, Bethany le chupó y mordisqueó el pezón levemente.

Sintiendo el temblor que le recorrió el cuerpo a

Joel, le desabrochó los pantalones. Él se los quitó, así como también hizo con los calzoncillos. Durante un momento, ella se quedó simplemente mirándolo, fascinada por su belleza y masculinidad.

–Sigue –impulsó él suavemente–. Tócame, sabes que quieres hacerlo.

Recordándose a sí misma que aquello no era sólo un encuentro sexual, que al día siguiente él sería su marido, dejó que su mano bajase hasta su sexo firme, acariciándola.

Pero entonces él la tomó de la muñeca y le apartó la mano.

–Tu caricia, mi amor, aunque inexperta, es demasiado erótica. Quizá sería sensato tomarnos las cosas con más calma.

Pensando simplemente en el hecho de que él le había dicho «mi amor», ella no protestó cuando la tumbó en la cama y le demostró qué había querido decir con aquello de «más calma»…

Cuando se despertó a la mañana siguiente, Bethany estaba sola en la cama. Medio dormida, miró la hora y vio que eran casi las doce.

Entonces se sobresaltó al darse cuenta de que en poco más de dos horas debería estar casándose.

En ese momento llamaron a la puerta.

–Adelante –dijo, tapándose con el edredón.

–El señor McAlister me dijo que si usted no estaba en pie a las once y media, debía subirle esto –dijo Molly, que llevaba consigo una bandeja con café y huevos revueltos.

–Gracias –dijo Bethany confusamente–. Siento que se haya tenido que molestar.

–Que Dios la bendiga. No es ninguna molestia. Le dije al señor McAlister que habría tenido tiempo para preparar un banquete de bodas, pero me dijo que no me preocupara, que ya está todo preparado; ha alquilado una empresa de catering.

Con el entusiasmo reflejado en la voz, continuó hablando.

–Nos ha pedido a Tom y a mí que vayamos a la boda y que seamos testigos… eso si usted no tiene ninguna objeción.

–Pues claro que no la tengo. Será agradable tener como testigos a alguien a quien conocemos.

La señora Brannigan dejó la bandeja con cuidado sobre las rodillas de Bethany.

–Me alegra poder decirle que hace un bonito día. La nieve ha cuajado, pero el cielo está azul y el sol brilla con fuerza. Es perfecto para una boda de invierno. Han llegado las flores, así que cuando haya comido y se haya duchado, le diré a Tom que las suba junto con los paquetes que han llegado de Dellon's esta mañana.

Entonces el ama de llaves fue sincera con Bethany.

–Si puedo decirlo, me agrada que el señor McAlister se vaya a casar con una joven hermosa como usted. Él es un hombre excelente que se merece una buena mujer.

–¿Llevas mucho tiempo trabajando para él? –preguntó Bethany mientras bebía café.

–Fui el ama de llaves de su madre hasta que ella murió y desde entonces trabajo para él. En todos estos meses jamás le he visto levantar la voz ni enfadarse, aunque a veces el joven señor Michael ha puesto a prueba su paciencia…

Molly, temerosa de haber hablado más de la cuenta,

murmuró apresuradamente que se tenía que poner en marcha. Cuando estuvo en la puerta se detuvo.

—Tengo entendido que la señorita Harvey va a ser su dama de honor, pero si necesita ayuda antes de que llegue la joven, dígamelo.

—Gracias, lo haré.

Aunque estaba demasiado emocionada para tener hambre, Bethany se comió los huevos revueltos antes de ir al cuarto de baño a lavarse los dientes y ducharse.

Cuando regresó al dormitorio, con el pelo todavía húmedo, se encontró con las cajas de Dellon's y de la floristería, la cual contenía un ramo de novia compuesto por capullos de rosa amarilla.

Entonces volvieron a llamar a la puerta.

—Hola, soy yo —dijo Lisa.

Cuando Bethany le abrió, se dio cuenta de que la muchacha estaba un poco despeinada y ruborizada, debido a lo emocionada que estaba. Llevaba varias cajas doradas y negras consigo.

—Pasa, ¿has conseguido todo lo que necesitabas? —preguntó Bethany, agarrando una de las cajas.

—Oh, sí. Joel me llevó a Dellon's y ellos se ocuparon de todo.

—Eso es estupendo.

Bethany necesitaba la seguridad que le daba la presencia de Joel.

—¿Ha vuelto él contigo?

—Sí, está abajo. Me ha dicho que te diga que te verá en la iglesia.

—Oh...

—¿No es romántico? Debes estar muy emocionada —dijo Lisa, suspirando.

—Me siento como *Alicia en el país de las maravillas*. Nada es lo bastante real... —Bethany sonrió, temblorosa–. Seré una mujer casada en menos de dos horas y todavía no se lo he dicho a mis padres. Pretendía haberles telefoneado a primera hora de esta mañana, pero me he quedado dormida.

–Bueno, sé que no hay mucho tiempo, pero si me pongo en marcha y saco todo de las cajas, ¿no podrías decírselo ahora?

Mientras la joven sacaba todas las cosas y las ponía cuidadosamente sobre la cama, Bethany telefoneó a la casa de su familia, en Notting Hill.

–¿Hola? –dijo su padre.

–Papá, soy yo…

–Hola, amor.

–Tengo algo que deciros a mamá y a ti…

–Me lo puedes decir a mí, pero tu madre no está. Está pasando unos días en casa de su hermana.

Sintiéndose culpablemente aliviada, ya que su madre hablaba mucho, Bethany le contó rápidamente a su padre lo que estaba pasando. Él escuchó sin interrumpirla.

–Parece que todo es muy repentino, pero siempre has sido una chica sensata, así que supongo que sabes lo que haces… Supongo que lo amas –dijo su padre firmemente.

–Sí, lo amo.

–Entonces tienes mi bendición. Cuando regreses, me gustaría conocer a mi nuevo yerno.

–Desde luego; creo que te gustará. ¿Se lo podrías contar a mamá y le podrías también decir que siento habéroslo dicho de esta manera?

–Lo haré. Te queremos…

Bethany colgó el teléfono y, en un impulso, telefoneó a Michael. Quería disculparse con él, pero no obtuvo respuesta.

—¡Qué vestido de novia más bonito…! Y Joel tenía
razón; el vestido de dama de honor va a juego con el
tuyo —dijo Lisa, sonriendo—. Por cierto, me ha dicho
que los coches llegarán a la una y media, así que no
tenemos mucho tiempo.

—Oh, señor —murmuró Bethany—. ¡Y todavía tengo
que meter algunas cosas en la maleta para llevarme!

—Si me das la maleta y me dices lo que necesitas,
yo la haré mientras tú te arreglas el pelo y te maqui-
llas.

—Gracias —dijo Bethany, agradecida, tomando una
maleta y poniendo en una silla lo que necesitaba—.
No sé lo que habría hecho sin ti.

Lisa, que parecía contenta, comenzó a hacer la
maleta mientras Bethany se arreglaba.

—¿Dónde vais a ir de luna de miel? —preguntó la
muchacha una vez hubo terminado de hacer la maleta—. ¿O es un secreto?

—Vamos a pasar un par de días en Catskills. Nos
vamos después de la boda.

—Parece estupendo —comentó Lisa, entusiasmada,
mientras ayudaba a Bethany a vestirse.

Una vez hubo terminado de abrocharle los boto-
nes de la espalda, miró a Bethany.

—Te queda estupendamente… Oh, no me dedo ol-
vidar… —dijo, sacando de su bolso una pequeña caja
de terciopelo azul—. Joel me ha pedido que te diga
que le gustaría que llevaras esto. Eran de su abuela.

La caja contenía un collar a juego con unos pendientes de perlas.

—Me ha dicho que te los quería haber dado anoche, pero se le olvidó.

Una vez Bethany se puso los pendientes y el collar, Lisa le puso el velo.

–¡Guau! Estás sensacional. Joel se va a quedar boquiabierto.

Mientras Bethany se ponía los zapatos, Lisa se vistió y se peinó, poniéndose una gargantilla de plata.

–¡Qué gargantilla más bonita! –comentó Bethany.

–Sí que lo es, ¿verdad? –Lisa estaba encantada–. Joel ha insistido en comprármela como regalo por ser la dama de honor.

Entonces sacó de su bolso una liga bordada con mariposas azules.

–¿Te gustaría tomarla prestada? –le preguntó a Bethany, un poco tímida–. Ya sabes lo que dicen sobre lo que tiene que llevar la novia; algo viejo, algo nuevo, algo prestado y algo azul… Bueno, como tienes algo nuevo y algo viejo, había pensado… –dijo, levemente ruborizada.

–¡Qué idea tan maravillosa! Me encantará llevarla –dijo Bethany, poniéndose la liga.

En ese momento llamaron a la puerta y Molly, elegantemente vestida, anunció que los encargados del catering habían llegado, así como los coches de ambas.

–Yo debería ir primero, ¿no? –dijo Lisa, que al instante se puso nerviosa–. ¿Estoy bien?

–Estás preciosa –dijo Bethany, siendo sincera.

–Es un vestido muy bonito, ¿verdad? David va a pasar a buscarme después de la boda. Espero que llegue a tiempo para verlo.

–El senador Harvey acaba de llegar. Está esperando en el vestíbulo –añadió Molly alegremente.

–¿Le puedes decir que bajaré en un minuto? Si Tom y tú queréis ir saliendo…

Una vez que Molly se hubo ido, Bethany se puso su anillo de compromiso en la mano derecha y se miró en el espejo antes de bajar.

–Querida, estás completamente radiante –dijo el senador cuando la vio bajar las escaleras.

–Gracias –Bethany sonrió–. Debo decir que usted está muy elegante.

–¿Estás preparada?

–Sí.

–Entonces no debemos hacer esperar al novio –dijo, ofreciéndole el brazo.

Cuando llegaron a la iglesia, el senador ayudó a Bethany a salir del coche. Al entrar, vieron a Joel esperando en el altar, elegantemente vestido con un traje gris, y a Paul Rosco a su lado.

Molly y Tom estaban sentados en un banco y Lisa estaba esperando al final de la iglesia con el reverendo John Diantre, quien, tras saludarlos, fue a ocupar su sitio detrás del altar.

En ese momento el organista comenzó a tocar a Bach y, del brazo del senador, Bethany se dirigió al altar. Joel se dio la vuelta para sonreírle.

–Queridos hermanos… –comenzó a decir el reverendo una vez ella llegó al altar.

Después, aunque el estado de ensueño todavía persistía, Bethany recordaba todo lo que había ocurrido; la firmeza de las respuestas de Joel, lo serio que estaba cuando le puso el anillo, la alegría cuando les declararon marido y mujer y la agradable sensación que tuvo cuando él la besó.

Pero la mejor sorpresa para ella fue cuando el padrino sacó no una, sino dos alianzas, y la alegría que sintió al ponerle la suya a Joel.

Cuando la ceremonia terminó, se hicieron algunas

fotografías antes de que el senador se marchara hacia La Guardia y de que Paul regresara a su trabajo.

Una vez fuera, les echaron arroz encima a los novios antes de volver a Mulberry Street.

Cuando llegaron, vieron a un joven de pelo rubio y rizado esperando en las escaleras.

—Lo siento, me temo que he llegado demasiado pronto —comentó David, disculpándose, cuando Lisa se lo presentó a los novios—. Iré a darme un paseo y volveré en media hora más o menos.

—No harás eso —dijo Joel firmemente—. Te necesitamos para equilibrar los sexos.

—Por favor, pasa, come algo y bebe una copa de champán —añadió Bethany persuasivamente.

—Bueno, ¿si están seguros?

—Claro que sí —dijo Bethany, sonriendo.

—Estás preciosa —le dijo David a Lisa mientras subía las escaleras junto a ella.

Cuando llegaron a la puerta, Joel tomó a una ruborizada Bethany en brazos.

—Creo que hay que mantener las tradiciones —le dijo Joel a David.

—Tengo que decir que estoy de acuerdo —dijo el joven—. Siempre y cuando la novia esté tan delgada como lo están Bethany y Lisa —añadió, sonriendo.

Al llegar al comedor vieron que los encargados del catering habían arreglado elegantemente la mesa. Joel insistió en que Molly y Tom les acompañaran, lo que hicieron en cuanto Tom hubo llevado el coche a la entrada y hubo metido el equipaje en el maletero.

Una vez terminaron de comer, Bethany, con Joel abrazándola por la cintura y poniendo su mano sobre la de ella, cortó la tarta.

Entonces, con las copas llenas, David, actuando de padrino, propuso brindar por los novios.

Tras ello, dijo que Lisa y él se tenían que marchar, y Molly y Tom, que estaban adormilados, se retiraron en silencio.

Una vez que se hubieron quedado solos, Joel, relajado y feliz, abrazó a Bethany.

—Por fin solos. ¿Te das cuenta, mujer, de que llevas siendo mi esposa durante dos horas y que todavía no te he dado un beso en condiciones?

—Estoy segura de que puedes remediarlo —sugirió ella, levantando la cabeza para mirarlo.

—Es lo que pretendo hacer.

—En ese caso... —comenzó a decir ella recatadamente—. ... como ya estamos solos...

—¡Qué sensata eres! —dijo él, riéndose.

—Creía que ibas a decir sexy —Bethany simuló estar decepcionada.

—Oh, también lo eres —Joel comenzó a darle besitos—. Por no mencionar lo sensual, seductora y sensacional que eres... Vamos, brujita, vamos a un sitio más íntimo a hacer el amor de forma loca y apasionada...

Bethany nunca había estado más feliz en toda su vida, se abrazó a su cuello y se dejó llevar...

Pero entonces la puerta se abrió de repente y apareció Michael, rojo de ira y despeinado.

—¿Qué demonios estás haciendo aquí? —preguntó Joel, que se había quedado helado.

Capítulo 10

IGNORANDO a su hermanastro, Michael se dirigió a Bethany.

—Tara cree que Joel y tú estabais planeando casaros. He venido a advertirte de que no te dejes engañar…

Entonces, percatándose de que ella ya tenía puesta la alianza, dejó de hablar y juró algo, enfadado.

—Pero parece que he llegado muy tarde. ¿Quién dijo que el dinero no es el que manda?

—No me he casado con Joel por su dinero.

—Bueno, como sólo lo conoces desde hace bien poco, debe haber sido amor a primera vista.

—Lo fue —dijo Bethany, levantando la barbilla, desafiante.

—Sabes una cosa; estoy a punto de creerte. Dijiste que no podías casarte conmigo porque no me amabas y ahora parece que estás enamorada, eres la personificación de la novia feliz…

—Lo siento, Michael —interrumpió Bethany—. Debería haberte dicho desde el principio cómo estaban las cosas. Sé que no te he tratado bien y yo…

—Pero no estarás tan contenta cuando te diga por qué se ha casado contigo este canalla.

—Ya sé lo que pasó entre Tara y tú, y no creo…

—Tara no tiene nada que ver con esto. Con lo que tiene que ver es con el hecho de que cuando yo me case seré independiente. Mi propio jefe. Podré vender la maldita casa y obtener dinero en efectivo.

—Pero yo pensaba...

—Las cláusulas del testamento de mi abuela establecen que puedo vender la casa cuando cumpla los veinticinco o cuando me case. Pero el «gran hermano» no quería que eso ocurriera. Estaba dispuesto a hacer que no te casaras conmigo...

En aquello había parte de verdad. Bethany todavía recordaba cuando Joel le había dicho que no iba a permitir que se casara con su hermanastro.

—Y la única manera con la que podía asegurarse de que no lo hicieses... —continuó diciendo Michael—. ... era casándose él contigo.

—Eso es mentira. Ya le había dicho que no pretendía casarme contigo —dijo Bethany firmemente.

—Pues parece que no te creyó —Michael esbozó una sonrisita.

—Incluso si no lo hubiese hecho, ningún hombre en su sano juicio se ataría a una mujer que no amara simplemente para evitar que se casara con su hermanastro. De todas maneras, si tú te empeñas en casarte, ¿cómo te lo va a impedir?

—Sobornó a Glenda —dijo Michael, resentido.

—Si ella se dejó sobornar, no debía amarte mucho —señaló Bethany—. Debe haber muchas mujeres hermosas que estarían más que dispuestas a casarse contigo.

—Sam, la chica con la que estoy saliendo, se casaría conmigo en un santiamén si se lo pidiera, pero...

Michael dejó de hablar, sintiéndose un poco avergonzado.

—Oh, ¡qué demonios! Recuerdo que te dije que estaba compartiendo piso con una amiga, pero como tú no quisiste... bueno, un hombre tiene sus necesidades y...

—No importa —dijo Bethany—. ¿Por qué no se lo pides a ella?

—Hace unos meses pensé en hacerlo, pero me di cuenta de que era una mujerzuela interesada que me quitaría todo si nos separábamos. Entonces, después de haberte conocido a ti, no me interesaba nadie más. Tú eras la que quería. Y en cuanto el «gran hermano» se dio cuenta, entró en escena...

Bethany negó con la cabeza y Michael continuó hablando, enojado.

—Está dispuesto a llegar a extremos insospechados con tal de mantener el control sobre mi vida, incluso está dispuesto a casarse con una mujer a la que considera una mentirosa y una ladrona...

—Ya es suficiente —interrumpió Joel de manera calmada pero contundente.

Aunque parecía asustado, Michael se enfrentó a su hermanastro.

—*Sé* que estás equivocado sobre eso, pero no trates de decirme que no es lo que tú *crees*. Sé lo que pretendías probar, la trampa que le tendiste. Esa vieja loca lo dejó todo claro.

Michael continuó hablando a pesar de la advertencia que reflejaban los ojos de su hermanastro.

—Yo estaba en tu piso recogiendo alguna ropa mía cuando ella telefoneó. Pensaba que estaba hablando contigo. Te sorprenderá saber que ella ha encontrado las cosas que aseguraba le habían robado...

Entonces, al ver que Joel daba un paso adelante, se calló y se echó para atrás.

—No te preocupes. No pretendo ponerte ni un

dedo encima. No obstante, ya es hora de que te calles y de que escuches algo razonable. Me estás culpando de querer controlar tu vida, pero todo lo que he hecho ha sido tratar de protegerte, tratar de que no te metieras en problemas, tal y como se lo prometí a la abuela.

—Maldita sea, yo no quiero tu ayuda... —comenzó a decir Michael bravuconamente.

—Quizá no la quieras, pero está claro que la *necesitas*. No eres más que un joven alocado que, al paso que vas, acabará sin un duro y metido en un problema muy gordo...

Disgustada y nerviosa, Bethany, que necesitaba pensar con claridad, se marchó al despacho de Joel. Con las piernas temblorosas, se sentó tras el escritorio. Las palabras de Michael le resonaban en la cabeza... y Joel no lo había negado.

Una especie de enfado desconcertante se apoderó de ella. Tal vez Joel pensara que ella era una mentirosa, pero... ¿qué justificación podía encontrar para creer que ella era una ladrona?

Entonces comenzó a recordar la tarde que se habían conocido, en Dunscar, y el interés que él había tenido en su trabajo.

La «vieja loca» a la que se había referido Michael debía haber sido la señora Deramack, y la «trampa» que le había puesto a ella debía estar relacionada con su visita a Bosthwaite para ver las antigüedades.

Joel debía haber dejado algo allí, algo pequeño y de valor que, una persona deshonesta que pensara que estaba tratando con una anciana confundida, podría haber robado.

Pero para haber hecho eso, debía haber sabido que ella iba a ir allí de antemano.

Se preguntó cuánto más habría sabido Joel de ella, se preguntó si se habría enterado de que Michael había estado vendiendo artículos a Feldon Antiques.

Quizá había pensado que había timado a su hermanastro diciéndole que las piedras de la pulsera no eran rubís... quizá su visita a la señora Deramack había sido planeada por él y su encuentro de aquella tarde no había sido casualidad.

Recordó cómo su bolso había aparecido desordenado a la mañana siguiente; Joel debía haber estado registrándolo al haber creído que su plan había funcionado y que ella había robado lo que había dejado en casa de la señora Deramack, ya que ésta así se lo había dicho.

«Te sorprenderá saber que ella ha encontrado las cosas que aseguraba le habían robado...»

Bethany se mordió el labio inferior. Pensó que si Joel había creído que ella había sido una mentirosa y una ladrona, tal vez habría temido que se casara con Michael para quitarle todo lo que tenía. Y la mejor manera de protegerle era casándose él mismo con ella...

Por eso se había protegido a sí mismo firmando aquel contrato matrimonial, contrato que había preparado Paul Rosco, que seguro estaba al tanto de todo.

En aquel momento comprendió por qué el abogado había sido tan frío con ella.

Tratando de contener las lágrimas, bajó la cabeza, sintiéndose enferma y desgraciada.

En ese momento la puerta se abrió.

—Siento que te hayas enterado de esta manera —dijo Joel, entrando en el despacho.

Ella fue a decir algo, pero él continuó hablando.

—Veo lo disgustada que estás, pero cuando lleguemos a Catskills tendremos mucho tiempo para hablar. Han dicho que va a nevar esta noche, así que nos tenemos que marchar…

Bethany sintió la necesidad de reírse histéricamente. Se preguntó si Joel de verdad pensaba que ella se iba a ir con él de luna de miel como si no pasase nada.

—Michael se va a quedar aquí esta noche, así que mientras recoges tu abrigo y tu maleta yo hablaré con Molly —dijo él, metiendo algunos documentos en su cartera.

Bethany sintió cómo le daba un vuelco el corazón. Era la oportunidad que necesitaba. En cuanto Joel se marchó a hablar con el ama de llaves, se puso a toda prisa el abrigo y tomó su bolso.

Entonces salió de la casa. No veía ningún taxi y bajó por la calle andando rápidamente, pero cuando casi había llegado al final oyó que alguien la llamaba. Al darse la vuelta vio a Joel persiguiéndola.

Corriendo, dio la vuelta a la esquina y comenzó a bajar por Mulberry Square. Entonces vio un taxi y agitó la mano desesperadamente.

El taxista cambió de sentido y se detuvo. Ella abrió la puerta y entró, abrochándose el cinturón de seguridad.

—Por favor, al aeropuerto JFK —dijo, jadeando.

Cuando llegaron a Brand Street tuvieron que pararse en un semáforo. En ese momento abrieron la puerta del taxi y le desabrocharon el cinturón de seguridad a Bethany, sacándola del coche.

—Déjame en paz. Deja que me marche… —dijo ella, tratando de soltarse.

El taxista se dio la vuelta para ver qué pasaba.

—¿Qué está ocurriendo ahí?

Joel la tomó en brazos y la besó, sofocando los intentos de Bethany de protestar.

Entonces, sujetándola firmemente con una mano, le pasó un fajo de billetes al taxista.

—Lo siento. Sólo llevamos casados unas horas y ésta es nuestra primera pelea...

—Esto no es sólo una pelea y lo sabes. Ahora suéltame, me marcho... —dijo Bethany, forcejeando.

—Las mujeres hacen una montaña de un granito de arena... —dijo Joel con voz de resignación.

—¡A mí me lo va a decir! ¡Bueno, mucha suerte, compañero!

—Por favor, señor, no lo escuche. Quiero... —comenzó a decir Bethany, pero el taxi se marchó.

A pesar de sus protestas, Joel la llevó hasta donde estaba su coche, que interrumpía el tráfico. La metió dentro y le puso el cinturón de seguridad, cerrando la puerta a continuación. Cuando él se dirigió a la puerta del conductor, ella trató de abrir, pero la puerta estaba bloqueada.

—Si crees que puedes llevarme de luna de miel contigo como si no hubiese pasado nada, estás equivocado. Me marcho ahora mismo —dijo ella una vez estuvieron en marcha.

—Quizá cuando tengamos la oportunidad de hablar cambies de idea.

—No hay nada que puedas decir o hacer que me haga cambiar de opinión, así que si, por favor, detienes el coche y me dejas bajar, tomaré un taxi al aeropuerto.

Joel no mostró ninguna señal de pretender hacerlo y Bethany supo que seguir protestando no le conduciría a nada, por lo que se quedó allí sentada en silencio mientras salían de la ciudad.

Mentalmente exhausta, se quedó dormida mientras comenzaba a nevar…

Unos dedos acariciándole la mejilla la despertaron. Al abrir los ojos vio que se habían detenido frente a una casita rodeada de nieve.

Joel, que había entrado ya en la casa para encender las luces y dejar las maletas, la ayudó a salir del coche y a entrar en la casa, cuya calidez reconfortó a Bethany.

–¿Quieres algo de comer o de beber? –preguntó él, todavía abrazándola por la cintura.

Bethany, que lo único que quería era volver a dormir, negó con la cabeza.

–Entonces vamos directamente a la cama.

–No voy a dormir contigo.

–¿Has pensado que tal vez no tengas otra opción? Eres mi esposa.

–No soy *tu esposa* y no tengo ninguna intención de serlo –dijo ella, apartándose de él–. Sabiendo lo que piensas de mí…

–Pero *no* sabes lo que pienso de ti.

–No quiero dormir contigo y si me obligas nunca te lo perdonaré –insistió Bethany.

–Muy bien. Hasta que no se arreglen las cosas, dormiré en la otra habitación.

La habitación a la que la llevó era tan agradable y cálida como el salón. Entró y tomó su neceser, dirigiéndose al cuarto de baño para lavarse los dientes.

Cuando regresó al dormitorio, encontró su camisón y bata colocados sobre la cama.

Entonces se puso el camisón, se metió en la cama y se quedó profundamente dormida...

Se despertó oliendo a café y a beicon. Se levantó y corrió las cortinas. El paisaje era precioso y estaba todo nevado. Era perfecto para una luna de miel romántica...

Pero tras casi haber creído que tenía todo con lo que había soñado, había acabado con nada...

Sintiéndose vacía y desolada, se dirigió al cuarto de baño para lavarse los dientes y ducharse. Entonces se vistió y pensó que, aunque no deseaba verlo, cuanto antes le dijera a Joel que no pretendía seguir con aquel matrimonio sería mejor. Una vez que lo supiera, con suerte él la llevaría de vuelta a Nueva York.

Mientras se peinaba se miró en el espejo y no le gustó lo que vio. Tenía muy mal aspecto.

Se dio la vuelta bruscamente, dejando su pelo suelto, y se dirigió a la cocina a encontrarse con Joel.

Entonces se encontró con que el hombre sofisticado de ciudad que había conocido había desaparecido. Estaba preparando beicon, vestido con vaqueros y con una camisa azul.

—Has llegado en el momento oportuno —la saludó él alegremente—. Estoy a punto de servir el desayuno.

—No tengo hambre. Necesito hablar contigo.

—Hablaremos en cuanto hayamos comido —dijo él, mirándola.

Al mirarlo a la cara, Bethany se dio cuenta de que no conseguiría nada si no hacía las cosas como él quería, así que se sentó a la mesa, donde había dos vasos y una jarra de zumo de naranja. Joel le sirvió zumo antes de servirle beicon y huevos revueltos, y se sentó frente a ella.

Bethany tenía de todo menos hambre, pero tomó su cuchillo y tenedor.

—Con el pelo suelto y sin maquillaje, parece que tienes diecisiete años.

Ella no dijo nada y se mantuvo callada.

Cuando terminaron de desayunar, él la guió hacia dos sillas con cojines que había frente a la estufa.

—Hace algunos meses descubrí que una pieza antigua muy valiosa faltaba de la casa de mi abuela. Michael, la única persona aparte de mí que tenía llave de Lanervic Square, negaba saber nada al respecto. Cuando durante los siguientes meses fueron desapareciendo otros artículos, contraté un detective privado. Éste descubrió que Michael tenía una novia que era la encargada de compras de Feldon Antiques y...

—Y, sospechando que había sido yo la que había robado, planeaste mi visita a la señora Deramack y preparaste una trampa...

—Aunque no estoy orgulloso de ello, en aquel momento parecía la mejor manera de conseguir pruebas. Así que le pedí que telefoneara a Feldon Antiques y que dijera que tenía algunas piezas de plata y porcelana para vender.

Joel continuó hablando.

—Cuando estuve seguro de que ibas a ir, coloqué dos vinagreras de plata de mucho valor entre las cosas sin valor de la señora Deramack. Te estaba vigilando y cuando saliste, telefoneé a Alice, que me dijo que las vinagreras no estaban. Yo la creí; no me había dado cuenta de lo perdida que estaba la señora...

—Entonces me viste que llevaba la pulsera y sa-

caste la conclusión de que también la había robado
—dijo Bethany amargamente.

—El conjunto de joyas había estado en la caja de
seguridad de la habitación de mi madre, que ahora
pertenece a Michael cuando viene a Nueva York. Él
era el único que podía haberla robado. Asumí que se
la habías comprado a él...

—Y te la llevaste, pensando que yo había pagado a
precio de granates lo que en realidad eran rubíes...

—La llevé a una joyería para averiguar la verdad.
Cuando me confirmaron que eran granates me alegré
muchísimo.

—Pensaste que yo era una ladrona y una mentirosa... —Bethany negó con la cabeza.

—*Sospeché* que podrías serlo. Y cuando te pregunté y no me dijiste la verdad... Ahora me doy
cuenta de que simplemente estabas tratando de proteger a Michael, pero entonces yo...

—Pensaste que yo era una mujerzuela sin escrúpulos que se había aprovechado de él y, sabiendo que tú
me podrías manejar mejor, te casaste conmigo para
protegerle.

—Intenté convencerme a mí mismo de que era eso lo
que estaba haciendo —admitió Joel—. Pero al final me
casé contigo porque quería que fueras mi esposa...

—No te creo —interrumpió ella, furiosa—. Oí la conversación telefónica que tuviste con Paul Rosco. Sé
exactamente lo que pensabas de mí y por qué insis-
tiste en hacer un contrato matrimonial. Bueno, no
tengo ninguna intención de quedarme contigo, pero
no te preocupes; lo único que quiero de ti es mi libertad. Todavía tengo trabajo, así que estaré...

—Ya no lo tienes —cortó él autoritariamente—. Le he
dejado claro a tu jefe que no regresarás.

–¿Cómo te atreves? No tienes ningún derecho a tomar decisiones por mí. No es tu problema si regreso o no a trabajar a Feldon Antiques.

–Eres mi esposa, lo que lo convierte en asunto mío. Y de ninguna manera voy a permitir que regreses a trabajar allí –dijo él en un tono de voz calmado.

–Si piensas por un segundo que… –Bethany estaba furiosa.

–Stansfield, el detective que contraté, averiguó que la policía está interesada en Feldon. Sospechan que ha negociado con propiedades robadas y sólo será cuestión de tiempo que lo arresten.

–No me lo creo –dijo ella sin convicción.

Joel le acercó varias hojas.

–Ayer comprobé mi correo electrónico y encontré esto. Te sugeriría que lo leyeses.

Tras haber investigado en profundidad, no puedo encontrar ninguna prueba de que la señorita Seaton sea otra cosa más que una persona honesta. Mientras que oficialmente todavía es la encargada de compras de Feldon Antiques, desde que Tony Feldon se hizo cargo del negocio tras la muerte de su padre, éste se ha encargado personalmente de comprar la mercancía.

Su padre, James Feldon, para quien la señorita Seaton trabajó durante casi cuatro años, tenía una estupenda reputación de ser muy honesto y justo en sus acuerdos.

Sin embargo, parece ser que su hijo está en el punto de mira de la policía. Sospechan que ha negociado con artículos robados, vendiéndolos a compradores millonarios que no hacen preguntas.

En relación con el cuenco que faltaba de la casa,

he conseguido echar un vistazo al registro que mantiene Feldon. No aparece que ese cuenco haya sido comprado o vendido.

Siendo ése el caso, será extremadamente difícil, por no decir imposible, aportar pruebas contra Feldon, a no ser que su hermanastro admita haberle vendido el cuenco.

Habiendo seguido la línea de investigación que usted aconsejó, descubrí que hace unos tres meses su hermanastro pagó una cantidad considerable de dinero en concepto de deudas de juego. Lo que indica que vendió el cuenco. Aunque lo que parece que recibió por él sugiere que no fue identificado como de la dinastía Ming...

—Yo vi el cuenco —admitió Bethany, quedándose helada.

—¿Qué pensaste? —preguntó Joel.

—Yo pensé que era de la dinastía Ming, pero Tony dijo que lo había llevado a un experto en porcelana china que lo había identificado como Ping. Lo que, desde luego, hacía que valiese mucho menos.

—Ya veo —dijo Joel en voz baja.

Tras un momento, Bethany continuó leyendo el correo electrónico.

Desde entonces, su hermanastro ha contraído nuevas y considerables deudas de juego. No obstante, ya no le queda más dinero y está utilizando el nombre de usted para conseguir créditos.

No creo que mi investigación vaya a dar mayores resultados y, como usted está empeñado en no inmiscuir a la policía, esperaré a que me dé instrucciones...

–Parece ser que Feldon Antiques ha sacado mucho dinero del cuenco, pero, como lo había robado él mismo, Michael no podía discutir nada.

–Tal vez no debería haberlo vendido hasta que no se declarara que era suyo, pero... ¿cómo puedes decir que ha robado cuando en realidad le pertenece a él? –objetó ella.

–No le pertenecía a él –dijo Joel rotundamente–. Como tampoco le pertenecían las demás cosas que vendió. La casa en sí es suya, pero su contenido era un legado para mis tíos, que pretendían subastarlo y jubilarse, ya que podrían vivir del dinero que sacaran de ello.

–Tony no estaba interesado en los artículos más pequeños. Los compré yo para mi colección, junto con la pulsera –admitió Bethany, afligida.

–Bueno, no te preocupes. Aunque cuando hablé ayer con Michael por fin admitió haberse llevado el cuenco y otras cosas, no creo que quieran presentar cargos contra él, sobre todo si yo aporto lo que falta. Cosa que he accedido a hacer, así como también a pagar las deudas de juego que tiene actualmente, pero sólo con la condición de que acepte el puesto de trabajo que le he ofrecido en Los Ángeles, que solucione sus problemas de juego y que se mantenga firme.

Hubo un momento de silencio, tras lo cual Joel preguntó en voz baja.

–¿Te sientes algo mejor ahora que ya sabes la verdad?

–¿Por qué debería sentirme mejor? La verdad es que te casaste conmigo creyendo que yo era una mentirosa y una ladrona. Te casaste conmigo para salvar a Michael... –contestó, resentida.

–La verdad es que te quería y que estaba celoso de Michael. No debí haberte seducido aquella noche, pero no me pude resistir. Traté de controlarme, pero a los pocos días de conocerte ya no me importaba lo que hubieras hecho. Estaba tan enamorado de ti que me hubiese casado contigo de todas maneras y habría puesto todo de mi parte para que funcionara.

Bethany trató de que la deslumbrante sonrisa que esbozó Michael no la afectara, pero le dio un vuelco el corazón.

–Si Michael no hubiese aparecido cuando lo hizo, yo tenía previsto contarte todo cuando regresáramos de la luna de miel y pedirte perdón –Joel se acercó a ella y le acarició la cara tiernamente–. Espero que puedas comprender por qué actué así. Entonces no te conocía. Haber descubierto que eres inocente, que eres tan encantadora por dentro como lo eres por fuera ha sido el mayor regalo que jamás haya recibido.

La obvia sinceridad de Joel ablandó a Bethany.

–Desde que te vi por primera vez estuve perdido –continuó diciendo Joel en voz baja–. De una manera extraña sentí como si ya te hubieses metido bajo mi piel, en mi corazón, en mi flujo sanguíneo. Eras parte de mí. Sentí como si te conociera y amara desde hacía años. Cuando dijiste que no te casarías con un hombre al que no amaras y luego le dijiste a Michael que lo nuestro había sido amor a primera vista, comencé a pensar que había ocurrido un milagro y que tú sentías lo mismo por mí que yo por ti…

Bethany se puso de pie y observó la mirada de desesperación de él al pensar que se iba a marchar.

–Por favor, no te vayas –dijo él, agarrándola de la mano–. Sé que debes sentirte enfadada y resentida, pero…

Entonces ella se agachó y lo besó, impidiéndole continuar hablando. Él la abrazó y la sentó en su regazo.

–Dime que esto no es un sueño. Dime que sientes lo mismo por mí que yo por ti –pidió él.

–Lo hago. Te he amado desde que tenía diecisiete años. Tras haber pasado las vacaciones en Escocia con mis padres, al regresar hicimos noche en Dundale y asistimos a un concierto del pueblo...

–Ahora me acuerdo –dijo Joel, sorprendido–. Tú eras la cosa más encantadora que yo jamás había visto... –la besó apasionadamente–. Estuve soñando contigo durante meses y arrepintiéndome de no haber hablado contigo, pero la que por entonces era mi novia estaba conmigo. Durante años recordé aquella noche...

Volvió a besarla profundamente.

–El destino actúa de manera misteriosa. Una vez fuiste simplemente una cara bonita que me cautivó... y ahora eres mi esposa...

–Bueno, no en todos los sentidos –dijo ella con recato. Se levantó y le tomó de la mano–. Pero estoy segura de que lo podemos remediar.

Riéndose, Joel se levantó y la tomó en brazos.

–Desde luego, mi amor.

Deseo™

Viviendo al límite

Barbara Dunlop

Después de perder aquel avión, Erin O'Connell, compradora de diamantes, creyó que había perdido para siempre sus posibilidades de ascenso... pero quizá no fuera así. Necesitaba tomar un vuelo a la idílica isla de Blue Hearth para hablar con el propietario de una mina, así que la incombustible Erin tendría que convencer a Striker Reeves de que pusiera en marcha su hidroavión y se preparase para la acción... para todo tipo de acción.

Aquel hombre la llevaba a alturas que jamás habría imaginado...

Jazmín

La mejor unión
Donna Alward

Ambos resolverían sus problemas con aquel matrimonio temporal...

Alexis Grayson sabía muy bien cómo cuidar de sí misma, pues llevaba haciéndolo toda la vida. Y seguiría haciéndolo por mucho que ahora estuviese embarazada y sola. Sin embargo, el guapísimo vaquero Connor Madsen parecía haberse empeñado en cuidarla y a cambio Alexis podría ayudarlo... necesitaba una esposa temporal y ella necesitaba un lugar donde vivir hasta que naciera el bebé.

Pero en cuanto Alexis empezó a conocer bien a aquel hombre valiente y honrado, se preguntó si no habría cometido el mayor error de su vida. Porque aquella esposa de conveniencia quería ahora un matrimonio de verdad.

Acepte 2 de nuestras mejores novelas de amor GRATIS

¡Y reciba un regalo sorpresa!

Oferta especial de tiempo limitado

Rellene el cupón y envíelo a
Harlequin Reader Service®
3010 Walden Ave.
P.O. Box 1867
Buffalo, N.Y. 14240-1867

¡Sí! Por favor, envíenme 2 novelas de amor de Harlequin (1 Bianca® y 1 Deseo®) gratis, más el regalo sorpresa. Luego remítanme 4 novelas nuevas todos los meses, las cuales recibiré mucho antes de que aparezcan en librerías, y factúrenme al bajo precio de $3,24 cada una, más $0,25 por envío e impuesto de ventas, si corresponde*. Este es el precio total, y es un ahorro de casi el 20% sobre el precio de portada. !Una oferta excelente! Entiendo que el hecho de aceptar estos libros y el regalo no me obliga en forma alguna a la compra de libros adicionales. Y también que puedo devolver cualquier envío y cancelar en cualquier momento. Aún si decido no comprar ningún otro libro de Harlequin, los 2 libros gratis y el regalo sorpresa son míos para siempre.

416 LBN DU7N

Nombre y apellido	(Por favor, letra de molde)
Dirección	Apartamento No.
Ciudad	Estado Zona postal

Esta oferta se limita a un pedido por hogar y no está disponible para los subscriptores actuales de Deseo® y Bianca®.
*Los términos y precios quedan sujetos a cambios sin aviso previo.
Impuestos de ventas aplican en N.Y.

Bianca™

Enamorarse no era parte del plan...

Gina Hudson había viajado a Atenas a saldar una vieja deuda, eso no incluía caer en los brazos, y menos en la cama, del hombre de confianza de su enemigo. Pero no había contado con el poder de Mikos Christopoulos.

Lo que Mikos Christopoulos esperaba y exigía a sus amantes era sexo sin ataduras; enamorarse nunca era parte del trato. Seducir a Gina era una cuestión de negocios, pero la misión pronto se convirtió en un verdadero placer. Por eso se llevó a Gina a la casa que tenía en una isla paradisíaca donde pasarían dos semanas de pasión. Al principio creía que Gina sería la amante perfecta... pero cuando las dos semanas llegaron a su fin se dio cuenta de que deseaba tener a aquella mujer en su cama durante el resto de su vida...

Seducción planeada

Catherine Spencer